O Terceiro Beijo

Nada Mais que uma Lembrança

Gustavo Alfa

O Terceiro Beijo

Nada Mais que uma Lembrança

Madras
HOT

© 2016, Madras Editora Ltda.

Editor:
Wagner Veneziani Costa

Produção e Capa:
Equipe Técnica Madras

Revisão:
Arlete Genari

Dados Internacionais de Catalogação na Publicação (CIP)
(Câmara Brasileira do Livro, SP, Brasil)

Alfa, Gustavo
O terceiro beijo: nada mais que uma lembrança/Gustavo Alfa. – São Paulo: Madras, 2016.
ISBN 978-85-370-1011-2

1. Ficção erótica 2. Romance brasileiro
I. Título.

16-05323   CDD-869.303538

Índices para catálogo sistemático:
1. Ficção erótica: Literatura brasileira
869.303538

Proibida a reprodução total ou parcial desta obra, de qualquer forma ou por qualquer meio eletrônico, mecânico, inclusive por meio de processos xerográficos, incluindo ainda o uso da internet, sem a permissão expressa da Madras Editora, na pessoa de seu editor (Lei nº 9.610, de 19/2/1998). Madras Hot é um selo da Madras Editora.

Todos os direitos desta edição reservados pela

MADRAS EDITORA LTDA.
Rua Paulo Gonçalves, 88 – Santana
CEP: 02403-020 – São Paulo/SP
Caixa Postal 12183 – CEP: 02013-970 – SP
Tel.: (11) 2281-5555 – Fax: (11) 2959-3090
www.madras.com.br

À Neusa Alfa Arruda,
que sempre acreditou em mim.

Depois de um dia cheio de trabalho e de praticamente cruzar toda a cidade para chegar em casa, Miguel estava realmente cansado. Era uma noite abafada e havia poucas estrelas no céu escurecido da cidade de São Paulo. Suas costas doíam, seu coração estava apertado e o que mais queria no momento era um banho relaxante.

Ao abrir a porta de sua casa ouviu uma música vindo da cozinha. A sala, como sempre, estava tranquila e muito bem iluminada com uma decoração moderna. Sobre o sofá, de cor bege, viu algumas revistas de moda e saúde. Logo, seus olhos cruzaram-se com os de Heloísa, sua madrasta, que voltava da sacada bebendo uma taça de vinho. Com seus traços europeus e corpo esguio, ela usava um vestido curto de cor vermelha, além de uma maquiagem forçada. Ao se aproximar, sorriu ironicamente.

– Boa noite, meu querido. Pegou muito trânsito? – perguntou de forma maliciosa.

Ele, porém, nada respondeu. Queria ficar sozinho e não conversar com mais ninguém. Heloísa, percebendo, pensou em voz alta ainda bebericando de sua taça:

– Deve ter brigado com Rafaela.

Miguel foi em direção ao seu quarto. Deitou em sua cama desarrumada, com os cabelos claros a lhe caírem na testa, ainda com sua roupa social do trabalho, olhando para o teto, pensativo.

Seu pai, então, abriu a porta de seu quarto. Era um homem alto de meia idade, com cabelos pouco grisalhos. Os óculos lhe caíam do nariz largo e lhe enfeitavam o rosto com um ar de superioridade. Ainda vestindo seu costumeiro jaleco branco, olhando para o filho, foi direto ao assunto.

– O que houve? Heloísa disse que chegou quieto.
Miguel virou-se na cama:
– Não foi nada. – mentiu. – Só estou cansado.
Alberto, porém, não se deu por vencido.
– Desde de que Heloísa veio morar aqui, você está desse jeito: fica quieto, não conversa, não come direito e foge das reuniões de família.
Miguel devolveu:
– E o que você tem com isso? Por que quer se meter em minha vida agora? Nunca se preocupou com o que eu pensava.
– Respeite-me, pois sou seu pai. – disse Alberto, estufando o peito, tentando demostrar autoridade. – Sempre me preocupei com você. Sua atitude em relação à sua madrasta é completamente infantil.
Aquela conversa, porém, embrulhava o estômago de Miguel.
– Não quero falar desse assunto com você – indispôs-se. – Isso não me diz respeito. Vai logo sair com sua mulherzinha.
Dizendo isso, levantou-se de sua cama, pegou uma toalha azul em seu guarda-roupa e saiu, deixando Alberto sozinho.
Entrou no banheiro e logo retirou aquela roupa suada, jogando-a no cesto. Ligou o chuveiro e colocou uma música em seu rádio. O banheiro era grande: todo revestido de mármore e muito bem iluminado, e tinha uma enorme janela de onde se podia ver quase toda a cidade. Miguel entrou no box e ligou o chuveiro. Esperou que a temperatura estivesse agradável e entrou embaixo da água. Enquanto se ensaboava, muitas perguntas lhe vinham a cabeça. Ele realmente estava cansado de tudo aquilo. Não suportava a ideia do novo casamento de seu pai. Depois do falecimento da mãe, cerca de dois anos atrás, Alberto nunca mais havia se interessado por ninguém. Porém, em uma viagem para o exterior, conheceu Heloísa, mulher com quase metade da sua idade. Logo, deixou se envaidecer e com o pior tipo possível de mulher. Não gostava, de ao menos, encontr-la pela casa. De alguma forma, ela lhe incomodava.
"E se eles soubessem?" – pensou.
Miguel tinha muitos pensamentos a lhe atormentar.

Miguel enrolou-se na toalha e saiu de sua suíte. Da janela de seu quarto, observava a noite cair e o sopro do vento a balançar as cortinas. Vestiu-se, pois queria sair um pouco para espairecer. Ao abrir a porta de seu quarto, foi à cozinha. Encontrou Rita, a empregada da casa que já estava terminando de guardar a louça do jantar. Vendo-o, assustou-se. Ele lhe fez um gesto com as mãos para que ela não se preocupasse.

– Só quero um sanduíche, Rita.

– Vou preparar para você.

Ela começou a procurar na geladeira alguns frios e salada. Miguel procurava pela chave de seu carro e não a encontrava. Olhou no chaveiro, em cima do balcão e próximo ao telefone. Logo, Heloísa entrou na cozinha com seu olhar malicioso.

– Vai sair, Miguel?

Ele não suportava, ao menos, ouvir aquela voz. Ela o irritava profundamente. Heloísa tentou contemporizar.

– Está frio hoje. Leve uma blusa.

– Pode deixar.

Miguel saiu apressado. Tirou o carro da garagem e foi em direção à casa de Marcos.

Marcos era um amigo da faculdade: mulherengo, adorava festas e baladas. Morava no Tatuapé com os pais. Sempre sabia onde ir e nunca estava indisponível.

Miguel parou o carro na frente da casa. Acessou um aplicativo em seu celular para chamá-lo e esperou. Porém, não precisou de respostas. Marcos chegava em seu carro logo atrás, parecendo cansado.

– Fala aí, velho! – cumprimentou Miguel, descendo do carro.

– Tranquilo?

Marcos demorou para reconhecê-lo. Depois de um tempo, olhou melhor e se surpreendeu:
– E aí, Miguel! Tudo em cima?
– Uhum. E aí? Pretende dar uma volta hoje?
Marcos fez uma cara de cansaço.
– Poxa, velho, pior que tô quebrado. Acabei de chegar do trabalho e nem banho tomei ainda.
Miguel se decepcionou.
– Não acredito.
– Aconteceu alguma coisa?
– Nada de mais. Só estava a fim de sair um pouco. Espairecer.
– Relaxa. Vou tomar um banho rápido e já vamos dar uma volta.
Marcos entrou para sua casa. Miguel resolveu esperá-lo lá fora.
Não demorou muito e já estavam prontos para sair.
– Beleza. Vamos no meu carro ou no seu?
– No meu – respondeu Miguel.
Os dois entraram no carro. Marcos, mexendo no rádio, colocou um sertanejo universitário. Muito falava, e conseguiu distrair Miguel de seus conflitos. Ele realmente queria se divertir.

❀

Miguel acordou próximo do meio-dia. Sua cabeça doía e sentia o estômago um pouco embrulhado. Ao menos se lembrava como havia chego em casa. Lembrou que havia bebido muito e que muito riu com seus amigos. Deitado em sua cama bagunçada, olhou em seu celular e viu que já tinha uma chamada perdida de Rafaela. Por sorte, mesmo não estando sóbrio, havia colocado o aparelho para carregar. Retornou a ligação e logo uma voz doce e pouco tímida lhe falava do outro lado.
– Alô, Miguel?
– Oi, Rafa, tudo bem?

— Sim. Fiquei preocupada com você ontem. O que aconteceu?
— Tive um dia corrido no trabalho e resolvi sair com alguns amigos. Tem problema?
— Não, claro que não. Mas achei que tinha acontecido alguma coisa ruim.

Miguel sentiu-se um pouco culpado.

— Me desculpe, Rafa. Não foi minha intenção.
— Sem problemas. Você vai vir aqui em casa hoje?
— Lógico que vou. Estou com saudades. Depois podemos sair para jantar também.
— Adoraria.
— Então, está marcado. Umas cinco horas estarei aí.
— Tudo bem, vou dormir um pouco agora também.
— Certo. Beijo.
— Beijo.

Mal desligou o telefone, Miguel sentiu-se melhor. Realmente era ela quem ele amava. Quem queria por perto e jamais escolheria outra pessoa.

Levantou-se cambaleando e foi para sua suíte. Lavou o rosto e desceu para comer alguma coisa.

A casa estava vazia. Seu pai, com certeza, estava no hospital e demoraria para voltar e Heloísa estava na piscina. Deparou-se com Rita que arrumava algumas revistas.

— O almoço já está pronto, Miguel.
— Obrigado. Já vou comer. Sabe se meu pai virá almoçar?
— Ele ligou e informou D. Heloísa que entraria em reunião.

Miguel pouco bufou.

— Ótimo. Eu e ela sozinhos. De novo.

Foi em direção à cozinha. Realmente o cheiro estava maravilhoso. Rita era uma cozinheira de mão cheia. Serviu-se e logo Heloísa, com os cabelos ainda molhados, entrou na cozinha vestindo uma roupa de ginástica azul.

— Não me esperou para almoçar? – perguntou.
— Só coloquei a comida no prato.

– Com certeza não lhe ensinaram bons modos – disse, enquanto se sentava de frente a mesa. – Mas não se preocupe. Isso vai mudar.
– Nada vai mudar. Já me acostumei ser assim.
– Não seja tolo, Miguel. Nos bailes e clubes que nós, a alta sociedade, frequentamos, temos que nos portar da maneira mais educada possível. Não podemos parecer pessoas rudes e sem classe. Isso é importante. Pode ser que até arrume outra namorada se for mais educado e cordial. Alguém digna de pertencer à nossa família.
– Já tenho uma namorada.
– Ah, é mesmo. A pintorazinha. Será que ela sabe se portar bem à mesa? Na festa de noivado, não podemos permitir qualquer deslize, já que você insiste em se casar com ela – e virando-se. – Rita, me sirva um copo de suco.
– Isso não importa. É o nosso noivado. Se ela cometer algum erro, não terá problema para mim. Vai ter para você?
Heloísa sentiu a hostilidade no tom de voz de Miguel.
– Desculpe. Não quis ser intrometida. Vamos comer. Rita, depois você arrumará minhas gavetas. Estão uma bagunça!
Logo depois do almoço, Miguel tirou o carro da garagem e se dirigiu em direção ao bairro, onde a família de Rafaela morava dentro de um condomínio. Por sorte, não pegou trânsito algum. Pouco menos de quinze minutos, identificou-se na portaria e entrou. As casas eram bonitas e muito bem planejadas. Era um pouco diferente das do condomínio de Miguel, mas eram muito aconchegantes. Logo, ele chegou em frente a uma casa de cor salmão com um telhado branco e muitas flores a lhe enfeitarem a entrada. Passou pelo canteiro e tocou a campainha da porta de madeira grossa e envernizada. Um japonês de baixa estatura, usando uma calça jeans básica e uma camisa polo azul-marinho e pouco calvo-atendeu a porta. Ele logo reconheceu Saitou, seu sogro, que com seu sotaque pouco comum disse:
– Bem-vindo, Miguel. Entre.

Miguel sentou-se no sofá da sala. Era muito ampla e muito bem decorada, onde ao lado se tinha uma sala de jantar típica japonesa com tatame e uma mesa pequena ao centro. Vasos de plantas enfeitavam o local e lhe davam um frescor agradável, além de quadros muito bem pintados e emoldurados. Ele ficou analisando-os: alguns eram de templos budistas envoltos por lindas cerejeiras em flor, outros com ideogramas que ele pouco entendia, mas todos davam uma sensação tranquila e deixava o ambiente tomado por um saudosismo incontrolável.

Logo, apareceu em sua frente uma senhora de cabelos curtos presos por um arco, vestindo um yukata cor salmão e que trazia em suas mãos uma bandeja com alguns pedações de frutas. Miguel reconheceu naquele rosto envelhecido, simpático, olhos espremidos e com um tímido sorriso, D. Sae, sua sogra. Levantou-se surpreso e beijou-lhe a face:

– Dona Sae, como você está?

– Muito bem, Miguel. Aceita um anmitsu?

Anmitsu é um doce feito de pequenos cubos de ágar, com frutas típicas e doce de feijão.

– Muito obrigado! Estou sem fome. Mas por que a senhora está usando um quimono?

– Não é quimono, é yukata, meu querido. É mais simples. Bom, já que não quer, eu comerei. Verão pede anmitsu, melancia e yukata – disse sorrindo e cantarolando uma música típica japonesa.

Logo, ouviu Saitou voltando da cozinha e servindo-se de um pedaço de melancia.

– Hoje, Sae está de comemoração, Miguel – disse, tentando demonstrar espontaneidade, mesmo seu rosto não tendo expressão alguma.

– Verdade? O que aconteceu de especial, Dona Sae? Estava me escondendo o jogo, não é? – brincou.

O carinho que os pais de Rafaela possuíam por ele era incomum. Sentiam-se realmente uma família. Ele, assim que conheceu Rafaela e foi ao primeiro encontro com os pais, se simpatizou muito com eles, mesmo com o receio por serem de uma cultura totalmente diferente.

Dona Sae deu curta risada, levando uma das mãos à boca.

– Miguel, não sabia que tinha chegado. – ouviu-se uma voz doce.

Eles olharam em direção a escada. Com os cabelos escuros caindo por entre os ombros, pele branca, com os olhos amendoados e levemente puxados, dando-lhe a impressão de um desenho japonês e cheirando a flor de cerejeira, Rafaela descia os degraus com todo o cuidado para não tropeçar em sua sandália meio amarrada, vestindo uma regata branca e um short curto jeans.

Miguel levantou-se e a abraçou forte, depois depositou-lhe um suave beijo nos lábios.

– Como você está, meu amor? – perguntou.

– Muito bem – respondeu Rafaela.

Dona Sae abanou-se um pouco com o leque enquanto Saitou olhava para os lados.

– Então – começou a garota –, sobre o que estavam falando?

– Bom, sua mãe ia me contar o motivo de sua alegria.

Rafaela arregalou bem os olhos, mesmo ainda parecendo pequenos:

– Eu quero o anmitsu, mãe!

Dona Sae foi pega de surpresa, mas ficou satisfeita ao ouvir sua filha pedindo o doce que fizera com tanto carinho.

– Pode pegar, Sayuri – disse. – Está muito quente hoje e nada melhor do que um anmitsu bem gelado.

Deu duas colheradas cheias. Saboreava os pedaços de frutas frescas.

– Nossa, está uma delícia.

Olhando para Miguel, disse:

– Quer experimentar?

– Desculpe, mas estou cheio agora.

– Vamos para o meu quarto. Quero te contar umas coisas.

E, puxando-o pela mão, foram subindo as escadas sem antes ouvir Saitou dizendo:
– Juízo vocês dois.

❋

Rafaela entrou em seu quarto e trancou a porta enquanto Miguel já estava jogado sobre a cama desarrumada. A luz do sol iluminava o ambiente pela janela aberta. Cheio de ursos de pelúcias e fotos, o quarto parecia um lugar de recordações. As paredes pintadas de azul-claro lhe davam um aconchego e o perfume de Rafaela rescendia por todo o quarto. Ela se ajeitou próximo dele e olhou-o nos olhos.

– O que está acontecendo? – enfim, perguntou.

Miguel tentou disfarçar e fugir daquele assunto.

– Não foi nada – mentiu.

– Você acha que eu não te conheço? Sei o que se passa em seu coração só de olhar em seus olhos.

Ele se remexeu um pouco. Ela realmente o conhecia.

– Heloísa, de novo?

– Aquela mulher é insuportável! Ela tomou o lugar de minha mãe naquela casa!

As lágrimas faziam os olhos de Miguel brilhar enquanto Rafaela o olhava com doçura e compaixão.

– Não pense assim. Isso tornará seus dias mais difíceis.

– É uma traição que meu pai faz com minha mãe! Não é justo.

– Miguel – dizia Rafaela parecendo escolher bem as palavras para não magoá-lo –, sua mãe já não está mais conosco. Infelizmente, apesar de nosso coração doer, a vida continua. Precisamos reaprender a viver e isso não significa que seu pai deixou de amar sua mãe. Alice era uma mulher incrível. Mas o seu pai tem o direito de escolher viver a vida com outra pessoa.

– Não é justo! Isso significa que o que sentia pela outra pessoa não era verdadeiro.
– Isso não é verdade. Todos têm o direito de continuar a viver. Buscar a felicidade com outra pessoa. Sabia que isso pode acontecer com a gente?
O coração de Miguel gelou e ele sentiu um arrepio na espinha.
– Não. Isso jamais poderá acontecer com a gente. Fomos feitos um para o outro.
– O amanhã é um mistério. Somente temos a certeza do hoje. Se eu morresse, você continuaria vivo. Tem o direito do recomeço, da busca da felicidade. E isso não é pecado.
– Não diga isso nem por brincadeira! Não sei o que seria da minha vida sem você.
– Será?
– Por que diz isso?
Rafaela deu um sorriso e um olhar muito peculiar quando disse:
– Não marca nosso noivado. Está fugindo. Não pense que vai escapar de mim, tá?
Miguel riu e a abraçou, jogando seus corpos sobre a cama desarrumada.
– Tanta coisa acontecendo, meu amor. Pelo menos, sei que a vida ao seu lado será muito feliz.
– Você me ama? – perguntou Rafaela, olhando em seus olhos.
Miguel laçou sua mão à dela, beijando-a.
– Não existe mulher mais amada no mundo que você.
Ela sorriu docemente.
– O mesmo digo para você. Você é meu sonho que virou realidade.
– Daqui dois meses.
– Verdade?

Os primeiros raios de sol já se arriscavam no céu azul e o calor se fazia presente.

Miguel se arrumava em seu quarto. Dentro de algumas horas estaria aproveitando suas férias da faculdade. Iria para Porto Seguro com alguns amigos por quatro dias e, assim que voltasse, seria seu noivado, o dia mais esperado de sua vida. Rafaela não iria. Ela dizia que seria sua despedida de solteiro e que ficaria para arrumar os últimos preparativos.

– Mas eu te mato se me trocar por outra, tá? – brincava.

– Ficarei com saudades – dizia Miguel.

– Eu também, mas lembre-se que logo teremos a vida inteira pela frente.

Terminando, aproximou-se mais de Miguel, beijando-lhe levemente o pescoço. Ele sentiu um arrepio e um forte desejo de beijá-la.

– Se você quiser que eu fique, eu cancelo a viagem – disse.

– De forma alguma – devolveu. – Você tem todo o direito de viajar com seus amigos.

– Mas eu queria que você fosse também, sabia?

Rafaela deu um sorriso irônico.

– Não teria graça para mim – respondeu. – Não gosto muito de praia também. Além disso, as outras namoradas não vão. Não quero ser a única mulher com um grupo de rapazes.

– Mas você ficará esse tempo todo sozinha?

– Claro que não. Vou sair com a Vanessa e depois vamos adiantar os enfeites para a festa, os convidados.

– Bom, já que não tem problemas...

Rafaela beijou-lhe fortemente, pressionando seu corpo contra o dele. Miguel sentiu-se tomado pelo súbito desejo de possuí-la nos braços. Deslizou suas mãos pela sua cintura fina e bem desenhada, enquanto ela se recostava cada vez mais em seu peito. De repente, ela o segurou firme pelas mãos.

– O que foi? – perguntou Miguel.

– Não podemos. – respondeu sorrindo. – Heloisa vai nos ouvir. Sem contar que seu voo sai daqui a pouco. Não quer se atrasar, não é?

Ele riu gostosamente.

– Só você para me fazer isso.

– Teremos todo o tempo do mundo. Aliás – disse, abraçando-o –, meu coração vai junto com você. Não o deixará em momento algum. Quando se sentir triste, ponha a mão em seu peito e, assim que senti-lo quentinho, lembrará que sempre tem alguém pensando em você.

Miguel, com os olhos marejados, afagou-lhe os cabelos.

– Obrigado por me amar.

Logo, Miguel e Rafaela casariam. Teriam sua própria casa, um carro para passeio, um cachorro e um casal de filhos. Seriam felizes. Esse era o plano dos dois. Porém, muitas perguntas ainda pairavam sobre sua cabeça. Mas o tempo não respeita nossas incertezas.

❁

Miguel terminava de arrumar as últimas malas.

Foi ao quarto de seu pai que se preparava para um passeio, deu-lhe um beijo no rosto e se despediram. Ficou de levar Rafaela embora antes de embarcar, pois não queria que ela o levasse ao aeroporto.

– Bom dia, Rafaela. Veio tomar café conosco?

Heloísa apareceu na porta do quarto, olhando-a da cabeça aos pés com certo desprezo que sabia muito bem disfarçar.

– Vim me despedir de Miguel.

– Pois é pena então que já vai. O voo sai em algumas horas.

Miguel sentia vontade de empurrá-la. Como alguém podia usar de tanto cinismo como aquela mulher? Ele tinha o punho cerrado e ficou surpreso em sentir a mão de Rafaela laçando-a.

– Não se preocupe, querida. Durante esses quatro dias me verá muito por aqui, já que o Dr. Alberto nos cedeu a casa para o noivado.

Heloísa espantou-se. Abriu a boca, mas nada conseguia dizer.

– Aliás, acho que poderá me ajudar com os enfeites e o pessoal do buffet. Sei o quanto adora fazer recepções para os amigos.

– Pois bem. Ótima ideia! – disse Alberto com um enorme sorriso. – Ela sempre teve talento para essas coisas e será uma ótima oportunidade para que se conheçam melhor.

Miguel por pouco deixou escapar um riso abafado. Heloísa tinha fogo nos olhos, mas de certo não discordaria de Alberto. Rafaela sorria.

– Poderá ajudar na cozinha também – e com um leve aceno, ainda disse: – Até mais querida.

Ainda no corredor entre os quartos, Miguel disse:
– Você é terrível!

Rafaela riu.

– Me divertirei muito nesses quatro dias.

Miguel, então, tirou o carro da garagem e a levou para sua casa. Na entrada ainda viu D. Sae aguando suas flores sempre muito bem cuidadas. Vendo-o, acenou e disse:
– Boa viagem.
– Obrigado!

Chamou um táxi. Resolveu deixar seu carro com Rafaela para que pudesse sair e arrumar os preparativos. Ela até se ofereceu para levá-lo ao aeroporto, mas ele recusou:

– Sei que está fazendo isso só para me ajudar. Não está acostumada a dirigir em outras cidades e é muito perigoso. Fique tranquila, meu amor.

Deu-lhe um beijo curto, um abraço apertado antes de partir e se dirigiu ao aeroporto de Guarulhos. Do vidro do carro ainda via Rafaela, acenando e com seu sorriso tímido desejando-lhe boa viagem. Não se sentia muito confortável com a ideia em deixá-la sozinha.

Fazia muito calor. O dia estava muito abafado e o sol brilhava forte e isso o deixava cansado. Durante todo o caminho pensava em Rafaela: se ela conseguiria arrumar os preparativos do jeito que gostava, da comida a ser servida, dos amigos que queria convidar. Enfim, se tudo ficaria do jeito que ela sempre sonhou. Miguel desejava do fundo do coração que tudo desse certo. Já havia feito a parte que lhe cabia da celebração. Combinaram juntos como tudo iria estar. Foram dois meses corridos e ele ficou feliz em saber que poderiam celebrar a união em sua casa. Tudo seria uma surpresa: Saitou e D. Sae não sabiam de nada, somente Alberto e agora Heloísa. Fingiriam que seria somente uma recepção e, na hora exata, ele pediria a mão de Rafaela para seu sogro.

    Chegando ao estacionamento do aeroporto, Miguel pagou a corrida e desceu. Percebeu que havia muitos carros por lá e o som das aeronaves que pousavam fazia um barulho ensurdecedor. Por um instante, esqueceu-se de Rafaela. Apesar da saudade que sentia, estava empolgado com a viagem. Seriam dias de diversão e alegria antes de oficializar a cerimônia de noivado.

    Ao adentar percebeu a enorme movimentação de pessoas e a burocracia pela qual passavam. A estrutura cinza e sem atrativos deixava tudo parecer mais sem vida do que o normal. Por dentro, o aeroporto era enorme. Não como em outros países, mas como o Brasil estava recebendo muitos estrangeiros devido a eventos esportivos, foi reformado e ampliado. Sentiu-se um pouco perdido e se permitiu andar pelo aeroporto. Logo procuraria o guichê da companhia para verificar sua passagem junto com seus amigos que, pelo visto, ainda não haviam chegado.

    Depois de muito caminhar, resolveu tomar um café e ligar para Rafaela. Apesar de estarem separados por apenas algumas horas, seu coração sentia saudades. Como podia amar tanto aquela garota? Desde que se conhecia por gente, sempre soube que a sua preferência era pelas japonesas: com aquela pele pouco clara, cabelos bem escuros e os olhos orientais bem puxados e muitas vezes amendoados, elas o fascinavam. Porém, com Rafaela foi diferente. Ela, além de possuir uma beleza ímpar, também tinha uma personalidade forte e uma alma sensível. Gostava muito de escrever, ler romances, dança e teatro. Era uma verdadeira artista e os quadros que pintava refletiam a mistura de sentimentos que trazia em seu coração. Dona de uma grande doçura e simplicidade, chamava atenção por onde passava. Miguel realmente havia tirado a sorte grande. Passou pela Star Bucks, comprou um café e, do lado de fora do aeroporto, resolveu enfim ligar. Porém, dava caixa postal. Achou estranho e tentou mais uma vez. Não conseguiu contato. Chegou até cogitar a ideia de ligar na casa de Rafaela, mas não queria preocupá-la também. Tinha de se controlar. Ela também sentiria saudades e, com certeza, já estava ocupada cuidando dos assuntos do noivado.

    O aeroporto estava realmente cheio. Muitas pessoas desciam de seus voos e encontravam familiares enquanto outros partiam para nunca mais voltar. Miguel pensou sobre o assunto e sentiu o peito apertado. "Como deve ser a sensação de partir para nunca mais voltar?" – pensou. Via as lágrimas nos olhos dos familiares que ali se despediam. Um sentimento de vazio acometeu seu peito. Lembrou-se de quando Rafaela lhe contou que antes de se conhecerem pensou em ir embora do país, depois de alguns desentendimentos com os pais, assunto que nunca quis muito se aprofundar, pois sabia que isso a deixava chateada. Chegou a pensar que era egoísmo o que faziam, porém, o destino é algo impossível de se descrever em frases.

    No tumulto de pessoas, Miguel avistou um garoto puxando sua bagagem, passando em sua frente. Viu quando de seu bolso caiu um passaporte vermelho e uma carteira. Realmente, ele não devia ser brasileiro. Por impulso, Miguel a pegou e tentou alcançar o rapaz que parecia estar apressado com alguma coisa. Olhava rapidamente de um lado para o outro, sem saber o que realmente procurava.

    – Garoto! Garoto! – gritava, por entre a multidão.

    Mas ele não ouvia, estava distante de tudo que acontecia à sua volta. Parecia estar em um mundo paralelo com seus fones de ouvido.

Tentando passar por entre a multidão de pessoas que apareciam simplesmente do nada, Miguel quase o perdeu de vista. Empurrou algumas pessoas sem querer até chegar perto daquele garoto e o puxou pelo ombro fazendo com que ele se virasse assustado, esbarrando no copo de Miguel, derrubando um pouco do café sobre sua camisa.

Foi então que os olhares se encontraram. Miguel assustou-se. Resolveu olhar mais uma vez. O menino usava uma roupa típica para o frio, ainda carregando a blusa entre os braços. Tinha os olhos puxados como os de Rafaela, porém com cabelos castanhos que caíam sobre sua testa. Era menor que Miguel, quase chegando à metade de sua altura. Por um instante os dois ficaram estáticos como se o tempo houvesse parado. A pupila dos olhos se dilataram e nada mais parecia importar. Que pele bonita, branca como a neve! Os olhos também que chegavam a ser quase mel e o perfume suave que lhe inebriava os sentidos.

Miguel sentiu o coração descompassado. Não conseguia compreender o que estava sentindo naquele momento. Suas mãos tremiam muito e suavam. Sentia também as orelhas quentes e sabia que não era por causa do calor. Ele se parecia muito com Rafaela.

– Oi? – perguntou o garoto ainda assustado, olhando-o fixamente.

Miguel espantou-se.

– Oh! Hi, my name is...

– Pode falar em português. Eu sou brasileiro.

Ele sentiu que suas bochechas estavam corando. Aquele garoto havia conseguido intimidá-lo. Sentia-se hipnotizado por aqueles olhos que tanto gostava. Olhos que eram agora de um garoto e não de uma mulher. Tentando se recompor, mesmo tendo a voz um pouco trêmula, disse:

– Ah! Desculpe! Eu acho que você deixou cair isso.

E Miguel estendeu o passaporte e a carteira. O garoto assustou-se, tirando um dos fones de ouvido.

– Meu passaporte!

– Você o deixou cair e eu vim trazê-lo para você.
Miguel tremia. Não entendia o que estava acontecendo. Os olhos se encontraram por um instante. Não havia nada demais nisso. Só estava fazendo sua parte. Mas por que o nervosismo? O coração disparava ao olhá-lo. Parecia conhecê-lo há muito tempo. Não sabia como explicar. Tudo lhe parecia confuso.
– Obrigado – respondeu. – Devo ter me distraído.
– Não foi nada. Eu só...
Pegando o passaporte das mãos de Miguel que ainda sentia-se eufórico, o garoto desapareceu, deixando-o ainda com algo a dizer que não sabia o quê. Estava se sentindo estranho. Não conseguia pensar em nada com a emoção tocando-o no coração de forma tão violenta. O que seria aquilo? Nunca havia sentido nada tão intenso. Ao mesmo tempo que se sentia ansioso, também sentia-se fraco. Nem ao menos parou para pensar que isso também havia acontecido com o garoto.

※

– Fique tranquilo, Senhor – disse a atendente. – Sua passagem e a de seus amigos está confirmada. É só chegar com antecedência para fazer o check in.
– Obrigado – agradeceu Miguel.
Já estava escurecendo. No céu podia se ver algumas estrelas e sentir um vento abafado. As luzes acesas cercadas por grandes paredes ainda davam outra impressão, mas a lua com seu brilho inconfundível iluminava uma noite serena.
Miguel olhou em seu relógio e percebeu que seus amigos talvez ainda demorassem para chegar. Ficou pensando se realmente conseguiriam chegar a tempo. Aliás, muito pensava, porém, o que não saía de sua cabeça era o garoto que havia encontrado. Nunca havia sentido algo parecido. Ele possuía um magnetismo forte e algo nos olhos que o intimidava. Carregava um mistério em sua forma de olhar, parecia enxergar mais do que a superfície. Era

como se pudesse ver os sentimentos mais profundos e como se tivesse um barco, também pudesse navegar pelo interior de Miguel. Ele ainda podia lembrar daquele encontro, sentir o peito congelar e sentir como se tivesse centenas de borboletas em seu estômago. Algo dentro dele o deixava inquieto.

Miguel realmente não sabia descrever o que sentia. Perguntava-se se era normal sentir aquilo. O que diriam se ele contasse isso para alguém? Se contasse para sua futura noiva? O que diriam desse sentimento que ele nunca havia sentido antes por ninguém? Apesar de todas essas perguntas, achou melhor esquecer aquele encontro. Por sorte, tinha a certeza de que não se encontrariam mais. Havia sido apenas "o acaso" e o tempo se encarregaria de apagar essa lembrança.

Resolveu ir ao banheiro tentar tirar a mancha de café quase seca de sua camiseta. Além de tudo, ainda estava com fome, mas esperaria os rapazes chegarem para pedir algo.

Miguel sentia-se enjoado. Estava com raiva de seus sentimentos e se negava a encará-los. Queria a todo custo esquecê-los, mas não podia. Era como se aquele encontro tivesse se gravado sobre sua pele como uma tatuagem.

Chegando ao banheiro, ficou de frente ao lavatório, encheu as mãos com água e lançou sobre a mancha. Tentou esfregá-la, mas ela teimava em deixar-se em tom amarronzado. Os outros homens que estavam no banheiro o olhavam diferente. Parecia que sabiam o que se passava na mente de Miguel. Algo dizia que ele ainda não estava bem.

"Eu sou homem!" – dizia para si mesmo. "Homem! Homem!"

Aos poucos o banheiro foi se esvaziando e foi quando a porta de uma das cabines se abriu. Miguel olhou pelo reflexo do espelho e sentiu um arrepio percorrer sua espinha mais uma vez: o garoto com a blusa por cima dos ombros também estava ali. Ficou estático. Quando o garoto também o viu, arregalou bem os olhos, mesmo que ainda parecessem pequenos. Ele passava a mão pelos cabelos tentando arrumá-los.

Ambos se olhavam profundamente pelo reflexo do espelho e se analisavam. Só estavam os dois no banheiro. Ficaram mudos e a tensão de Miguel só aumentava. O garoto se aproximou do lavatório para lavar as mãos. Ele sentia um arrepio percorrer sua espinha, e muitas vezes tentou olhá-lo sem que fosse percebido. Em vão, pois o menino também o olhava, da mesma forma que já havia o incomodado antes. Diferente de Miguel, ele o olhava sem receios.

– Obrigado – disse. – Realmente, muito obrigado.

O coração de Miguel estava acelerado. E mesmo com a voz trêmula, disse:

– Não foi nada. Qualquer um faria o mesmo.

Silêncio. Os dois pareciam se analisar por olhares. O garoto ainda tentava arrumar os cabelos caídos e olhava pelo canto dos olhos, enquanto Miguel ainda tentava tirar a pequena mancha, esperando que alguém entrasse naquele banheiro.

– Fui eu o culpado. Por isso sujou a camisa.

– Isso acontece. Não se preocupe.

O garoto, porém, aproximou-se de Miguel, tocando sua camiseta com as mãos. O coração disparou e os lábios tremeram. A aproximação, o perfume, o jeito de olhar, deixavam-no nervoso. Sentia o corpo inteiro tremer.

– Acho que vai ser difícil de sair. A mancha já estava seca quando molhou?

Miguel num impulso tirou as mãos do garoto de sua camisa, empurrando-o e dando dois passos para trás. Tinha os olhos arregalados. O garoto, porém, não se surpreendeu. Tranquilamente, voltou a passar as mãos em seus cabelos com o olhar fixo em Miguel.

– Só quis ajudar. Por que o medo?

– Não gosto de outro cara encostando a mão em mim! E não pedi sua ajuda!

Miguel ia saindo do banheiro a passos apressados. Não admitiria aquele tipo de aproximação. Quem aquele garoto pensava que era? No mínimo um atrevido, alguém que não sabe respeitar os limites e que não entende nada de convivência social. Foi quando Miguel sentiu o garoto segurá-lo seu braço. Ele estava gelado, precisava fugir, mas suas pernas já não o obedeciam. Inconscientemente, ele queria estar ali. Virou-se e também o encarou de frente.

– Está nervoso à toa.
– Do que você está falando, cara? Aliás, quem é você? Olha o seu cabelo, olha a sua cara! Você até parece...
– O quê? – perguntou o garoto em um tom mais alto que Miguel, impondo respeito. – Diga! O que eu pareço!?

Miguel ficou constrangido. Percebeu que havia ido longe demais. Não havia necessidade para tanto. Tentou consertar.

– Não quis dizer isso! É que é estranho!
– O quê? Estar no banheiro com outro homem assim como você?
– Você sabe do que eu estou falando!

O garoto se aproximou mais ainda de Miguel, que estremeceu por inteiro. Ele estava chegando ao seu limite. Queria ir embora mas não conseguia. Era mais forte do que ele e o garoto o empurrou para dentro de uma das cabines e girou a tranca. O coração de Miguel parecia que estava prestes a sair pela boca. Suava muito e suas mão tremiam. O garoto, porém, parecia tranquilo, segurando-o pelo peito e passando uma de suas pernas em volta de Miguel. Suavemente, passou a mão sobre o zíper da calça dele e o sentiu duro, e com a outra mão acariciou seu rosto.

– Não adianta mentir para si mesmo.
– O que você está fazendo?

E foi repentino. O garoto beijou Miguel ardentemente. Ele não tinha como reagir. Nunca havia sentido aquilo na vida. O toque, a mão macia tocando seu rosto, seus corpos que agora estavam colados, era algo inexplicável. Que beijo macio! Quanto sentimento! Miguel sentia que estava fazendo algo de errado, mas por que então não queria sair da cabine? Aos poucos, foi se entregando àquele momento. O garoto passou a mão por cima de sua calça mais uma vez, o que fez curvar-se de desejo e então o laçou pela cintura e desejou não mais soltar. Dos olhos de Miguel, escorria uma lágrima.

❀

Miguel tinha o coração descompassado. Seu corpo estava quente e as mãos suavam muito. Ao lado de fora do aeroporto, tentou respirar um pouco de ar fresco. Aquele momento havia sido único. Jamais havia sentido tanta paixão em um beijo, tanto desejo. Sua cabeça girava e não conseguia pensar em nada. O garoto prensava o seu corpo junto ao dele, beijando-lhe ardentemente, tocando-o com as mãos, deslizando por todo o seu corpo. Desabotoou sua calça e o tocou de leve com os lábios, deixando-o ofegante. Miguel estava entregue. Apertava as mãos do garoto e sentia-se rígido. O desejo era intenso. Ele voltava a beijá-lo, a passar as mãos por dentro de sua camiseta. De repente, o celular de Miguel começou a tocar. De um estalo, voltou à realidade, empurrando-o, abriu a cabine e correu assustado em direção à porta. O que havia sido aquilo? Não conseguia entender. Por quê? Mesmo assim, ainda pôde ouvir o garoto dizer:
– Não adiantar mentir para si mesmo!
Bateu a porta com força, enquanto o garoto em frente ao espelho voltava a arrumar os cabelos pouco armados.
Miguel não sabia no que pensar. Não aceitava aquilo. Deveria voltar e acertar um soco na cara daquele garoto imbecil. Ele era uma bichinha! Miguel percebeu que o que falavam sobre os gays era verdade: que são promíscuos. Mas o que na verdade não conseguia aceitar era os seus sentimentos. Ele se arrepiava ao lembrar daquele momento.
Seu telefone voltou a tocar. Era Marcos.
– Alô? – conseguiu dizer apesar do nervosismo do momento.
– Cara, acabamos de chegar. Onde você está?

– No estacionamento, do lado de fora. Perto de onde chegam os voos internacionais.

– Caramba, o que está fazendo aí?

Miguel deu um suspiro. Olhou para o céu e se sentiu confuso.

– Também não sei por que apareci por aqui.

– Então, estamos aqui te esperando. Vem logo!

Desligou e foi correndo em direção ao encontro de seus amigos, como se isso o fizesse voltar no tempo e ter simplesmente deixado aquele passaporte caído, evitando toda aquela confusão.

Encontrou-os rapidamente. Marcos estava com uma camisa vermelha e de bermuda com estampa florida. Luís, o mais tranquilo da faculdade, estava com os cabelos bagunçados e sua enorme barba cobrindo-lhe todo o rosto, além de usar uma calça verde, camisa branca e chinelos. Já Júlio continuava com sua roupa comportada e suava muito, além do sobrepeso que era seu inimigo.

– Cara, como você demorou! – disse Marcos.

– Foi mal, tava no banheiro.

– Tá tudo bem? Você tá com uma cara de assustado.

– Tranquilo.

– Você tá esquisito.

– Já disse que estou bem!

– Cara, por que você tá nervoso?

Marcos quem respondeu:

– Faz tempo que ele tá com esses ataques de mulherzinha.

Miguel perdeu a cabeça. Se não fosse Luís entrar em sua frente, teria acertado um soco na cara de Marcos.

– Fique tranquilo, cara. Não vamos brigar.

– Relaxa, Miguel – disse Marcos. – Logo de manhã estaremos em Porto com muitas praias e garotas.

Miguel ouviu aquilo e suspirou. No fundo, ele não queria saber de praias. Naquele momento, percebeu que realmente não queria viajar, mas também não poderia voltar atrás. Também não queria saber de garotas, já tinha Rafaela. Mas nem disso tinha certeza mais.

– Olha! Estamos quase atrasados! Vamos fazer o check in.

❀

Miguel havia voltado renovado da viagem. Com seus amigos, conseguiu se divertir, beber bastante e dançar. Aproveitou as belas praias de Porto sempre em ótimas companhias. Não ousou trair Rafaela, mas a cobiça foi grande: outras universitárias em um lugar onde tudo é diversão, foi complicado. Porém, manteve-se firme.

– Isso aí, não se aproxima dele porque a japonesa te mata com um golpe de espada – brincava Marcos.

Japonesa. Pois é, tinha voltado havia algumas horas e estava em seu trabalho. Ainda não havia visto Rafaela. Ela estava na casa de uma amiga descansando, pois havia planejado toda a festa. Seu noivado seria em dois dias. Estava ansioso para vê-la.

Miguel sentia falta de sua menina. Como cantava em seu ouvido: "fonte de mel, nos olhos de gueixa." Ela lhe enchia de amor e mistérios.

Apagou de sua memória qualquer lembrança indesejável. Preferiu esquecer todos aqueles momentos por mais que durante as noites se lembrasse da emoção vivida no aeroporto.

– Foi o susto! – dizia para si mesmo.

Porém, até em sua viagem, alguns rapazes o olhavam diferente. Muitos até demonstravam total interesse. Mas não sentiu absolutamente nada. Aliás, ficou muito satisfeito com isso. Podia continuar sua vida como se tudo não tivesse passado de um terrível sonho. Um sonho que já se fazia distante.

Era quarta-feira. O sol ainda queimava a tinta dos carros que paravam longe da sombra de uma árvore. Olhava o céu e esperava, sinceramente, que tivesse uma resposta para o que sentia. Não queria, porém, se demorar em seus pensamentos. Era necessário seguir adiante.

Seu celular tocou. Era uma mensagem de Rafaela informando que na sexta-feira tudo já estaria pronto. Suas bochechas coraram e lhe respondeu com toda ternura, desejando que o tempo passasse depressa. Muitas vezes, entrava na página social de Rafaela para ver suas novas postagens: eram fotos muito bonitas. Olhava seu sorriso e sorria também. Desejava não desfazê-lo nunca, pois as covinhas do rosto de sua amada lhe davam todo um charme oriental.

Oriental. Olhos orientais desafiadores faziam o peito palpitar. Miguel, porém, não lembrou dos olhos de Rafaela e sim do garoto. Por alguns dias havia sonhado com ele, que se encontravam em situações inusitadas. Ele o via passando ao lado da calçada com o vento bagunçando os cabelos e o sol do final da tarde tocando de leve seu rosto. Ele sorria, também tinha covinhas. Mas ao se aproximar, Miguel acordava, suando muito e com o coração descompassado. Qual seria a ligação?

A noite chegou rápido. O céu negro sem estrelas caía sobre a cidade de São Paulo, deixando um final de dia abafado. Miguel desabotoou sua camisa e retirou a gravata, fazendo o caminho de volta para casa. Não morava muito longe do trabalho, por isso, preferia muitas vezes deixar seu carro em casa para evitar um trânsito caótico e desnecessário.

Ao abrir a porta, deparou-se com Heloísa, na sala, bebericando uma taça de vinho com uma de suas amigas do salão de beleza. Estavam muito bem vestidas: sua madrasta estava com um vestido salmão, salto alto e os cabelos bem penteados, além de uma maquiagem carregada. A amiga com um vestido vermelho veludo e com os cabelos louros encaracolados, caindo pelos ombros, deixava um ar de sensualidade no ar.

– Olá, querido! – abraçou-o animada, mesmo não sendo correspondida. – Chegou mais cedo hoje. Lembra de Fernanda?

Miguel lembrava muito bem da amiga de Heloísa. Ela frequentava sua casa muitas vezes com seu esposo, um advogado bem-sucedido, conhecido de seu pai. Ele, na verdade, chegava a pensar nela umas cinco vezes ao dia.

Ele estendeu a mão e apertou a de Fernanda.
- Quanto tempo. Como está?
Ela olhou-o firme com um sorriso peculiar.
- Muito bem, Miguel. Obrigada. Soube que arrumou um trabalho.
- Estou em uma ótima empresa.
- Fico feliz – e virando-se para Heloísa: – Tem um filho bonito e educado.
Ela riu um pouco.
- Ele é encantador.
- Pena que não sou filho dela.

Miguel sabia que Fernanda somente o elogiara, mas ele tinha a certeza de que ela sabia o quanto era bonita. E usava isso a seu favor, deixando-o de certa forma apreensivo e assustado, sensação que jamais havia sentido antes, por isso, respondeu rapidamente, deixando-as sem jeito. Resolveu mudar de assunto rapidamente:
- Então, pretendem sair?
- Sim – respondeu Heloísa. – Vamos ao teatro e depois a um restaurante. Quer nos acompanhar?
- Sinto muito, mas estou cansado. Papai vai com vocês?
- Sim, e o Doutor Otávio também.
- Então, bom divertimento.

Miguel foi em direção ao quarto. Definitivamente, não sabia o porquê se sentira assustado com Fernanda. Em tempos remotos, ficaria rígido e eufórico com tal elogio, porém, hoje se sentia amedrontado.

"Deve ser porque meu coração é de Rafaela" – dizia para si mesmo.

Porém, ele mesmo não acreditava tanto em seus pensamentos. Torcia para que aqueles dias de angústia passassem depressa e a tivesse nos braços mais uma vez. Olhou para ela com seus olhos puxados e que lhe mostravam a felicidade. Logo, lembrou-se do garoto. Enfureceu-se.

Resolveu tomar um banho para relaxar. Ligou o rádio com uma música que gostava muito e entrou embaixo do chuveiro. Sua cabeça girava. Não podia ser aquilo! Não podia! Ele gostava de mulheres e disso tinha certeza.

Enquanto se ensaboava, enrijeceu. Chegou a pensar no garoto, mas sabia que aquilo era errado. Tocou-se pensando em Rafaela. Fazia um esforço sobrehumano para mantê-la em seus pensamentos que, por muitas vezes, eram tomados por aquele garoto que teimava em lhe atormentar. Tanto se esforçou que seus braços doíam, mas, enfim, havia conseguido.

"Sou realmente um homem! Um homem de verdade!"

Enxugou-se e saiu do banho, pronto para dormir.

❀

Rafaela acordou cedo no outro dia. Na casa de campo dos pais de Vanessa, ela conseguia relaxar e arrumar inspiração para suas pinturas. Já havia se decidido: faria Artes Plásticas. Não conseguia imaginar sua vida inteira dentro de um escritório ou de uma fábrica. Por mais que ganhasse o mínimo possível, faria o que realmente gostava.

Suas pinturas e poesias sempre foram elogiadas, desde a época do Colegial. Ainda menina, uma professora da quarta série do fundamental a incentivou a escrever um pequeno livro. Chamavam ela de avoada, mas realmente Rafaela vivia em outro mundo. Adorava música, dramaturgia, arte.

– Já acordou, Rafa? – perguntou Vanessa entre bocejos, na cama ao lado.

– Sim, quero deixar minhas roupas prontas e aproveitar um pouco mais o dia.

– Você e essa sua mania de natureza.

Rafaela não se importou, mesmo com a sua ligeira e frequente dor de cabeça. Levantou-se, lavou o rosto e foi à cozinha aproveitar o café da manhã. Lurdes, a caseira da casa, sempre

preparava ótimos pratos e receitas deliciosas. Apesar de sua avançada idade, sua disposição para acordar cedo, regar as plantas e limpar e casa era motivadora.
– Bom dia, Lurdes!
Ela, que lavava uma pilha de pratos, virou-se em direção à Rafaela e, com seu doce sorriso, lhe respondeu:
– Bom dia, fia! Durmiu bem?
– Muito bem.
– Já te sirvo o café, tudo bem?
– Pode deixar que eu pego.
Rafaela encheu sua xícara com leite e pouco café, cortou uma fatia de bolo de fubá que ainda estava quente e lhe passou uma colherada de manteiga. Sentou-se à mesa e saboreou.
Lurdes lhe serviu também um copo de suco de laranjas recém-colhidas do pé. Rafaela via o cansaço nela. Sua pele negra perolada que, apesar de nenhuma ruga, parecia pedir um pouco de descanso.
– Já terminou os afazeres hoje? – perguntou.
– Falta só limpar os quartos e vou me recolher um pouquinho. Tô cansada hoje, fia.
– Não é para menos – devolveu, enquanto mastigava um pedaço do bolo. – Está sempre tão disposta. Chega uma hora que o corpo pede.
Logo Rafaela terminou o café, ajudou-a a guardar a louça limpa e foi ao quintal. O verde da relva iluminada pelo sol lhe dava um ar cheio de esperança. Olhou para a jabuticabeira florida e colheu algumas frutas. Estavam saborosas. Desceu ao fundo do quintal e saiu da propriedade, tomando a rua de terra como guia e se dirigiu ao centro de uma mata fechada, onde passava um pequeno riacho, coberto por pedras. Resolveu sentar em uma e molhar um pouco os pés descalços.
"Que gelada!"
Rafaela olhava as árvores que faziam lindas copas à volta da água corrente. Em sua mente, tomou nota de todos aqueles acontecimentos: a água que parecia levar seus sentimentos, deixando

somente uma saudade da qual não sabia explicar. Algo lhe doía no peito. Por um momento, sentiu que precisaria ser forte. Logo reparou que de seus olhos também caía forte uma água salgada. Lembrou-se também de Miguel e sentiu o coração esquentar e docemente sorriu. Estava esperançosa. Meu Deus, como ela se sentia feliz. Ele era o amor de sua vida. Poucas pessoas viviam uma relação tão linda quanto os dois. Lembrou-se de seus beijos, de suas carícias, na lua de mel que já planejavam e que seria na linda cidade de Roma, e depois passariam para o Norte da Itália, na cidade de Lecco, de onde a família de Miguel havia vindo. Mas, sentia que havia algo para acontecer. Logo, Rafaela sentiu náusea e enjoo. Mas ainda não sabia com o que precisava lutar. Sua menstruação também havia atrasado, o que não era comum, porém, estava tão presa no que seu coração sentia que não se importou.

"Haverá um tempo para pensar nisso. Mais tarde."

Enfim, havia chegado o grande dia. A casa de Miguel estava muito bem arrumada e com muitas pessoas próximas da família. Mesas contornavam à volta da piscina cobertas com um pano branco e com bandejas de quitutes e taças. A lua brilhava no céu e deixava tudo mais apaixonante. Algumas estrelas cadentes apareciam também cortando aquele tom escuro do céu, deixando seu rastro de esperança. Uma música clássica era tocada por bons violinistas.

Heloísa estava linda. Com muito esmero, recebia os convidados com um enorme sorriso no rosto e simpatia. Usava um vestido azul ciano que desenhava sua bela silhueta, seus cabelos arrumados em um novo penteado e suas joias muito bem dispostas sobre seus braços e pescoço.

Dr. Alberto já se encontrava numa roda de amigos, médicos do hospital que trabalhava. Usava um terno bonito e arrumou os cabelos. Riam alto e suas bochechas estavam coradas, o que dava

a entender que já havia bebido um pouco mais de vinho do que o normal.
 Os pais de Rafaela ainda não haviam chegado. Estavam um pouco atrasados, mas sabia que logo chegariam.
 Rafaela estava mais afastada de todos, próxima à roseira que Alice, enquanto viva, cultivava com muito amor. Ela dizia que as rosas quando desabrochavam era porque um novo amor nascia no coração de alguém. E Rafaela sabia que ela estava certa. Ela olhou o céu e sentiu um pouco de sereno lhe molhar o rosto. Estava feliz. Havia preparado tudo com tanto amor e carinho e, enfim, aquele era o grande dia. Nada poderia estragar a magia daquele momento. Foi quando ela sentiu a respiração de Miguel em seu pescoço, aproximando-se. Ela fechou os olhos:
 – O que é que há, pois, num nome? – dizia, enquanto Miguel a envolvia num abraço. – Aquilo que chamamos rosa, mesmo com outro nome, cheiraria igualmente bem.
 – Shakespeare, Romeu e Julieta, certo?
 Rafaela virou-se e depositou leve beijo em seus lábios.
 – Eu e você.
 Ele a olhou de frente. Realmente, como ela estava linda. Usava um vestido branco e sandálias. Seu cabelo, do qual tentou fazer cachos, lhe caía sobre os pequenos ombros e seus olhos estavam pintados. E que perfume, meu Deus!
 – Você está perfeita. Linda como sempre.
 – Você também está – disse ela, arrumando a gravata de Miguel que estava torta.
 Ele usava um terno preto e uma gravata azul, os cabelos jogados para trás e seus olhos verdes lhe davam uma beleza incomum.
 – Obrigado.
 Uma leve brisa tocou a roseira. Algumas pétalas vermelhas os envolveram como um abraço. Elas estavam bem mais perfumadas do que de costume. Os olhos de Miguel brilharam.
 – Eu também senti, meu amor – disse Rafaela com leveza. – Ela está aqui.

Miguel lembrou que o sonho de sua mãe era vê-lo casado. Alice sonhava que o filho se formasse na faculdade, tivesse um bom emprego, uma linda esposa e que enchesse a casa de netos. Queria que ele tivesse tudo que ela não teve. Uma pétala tocou seu rosto como um beijo e ele chegou a sentir o perfume de sua mãe. Em pensamento, disse:

"Mãe, hoje eu estou feliz. E sei que você também está. Sinto tanta saudade de você que às vezes não cabe no peito. Obrigado por estar comigo."

Rafaela laçou as mãos de Miguel e aconchegou-se em seu peito.

– Nós ainda estamos aqui. E eu estarei com você para sempre.

Ele beijou os cabelos de sua amada e cantou em seu ouvido:

– *Tu nella mia vita sempre tu. Se non tiavessi, ti vorrei, ti cercherei.*

– Tu na minha vida sempre tu. Se não te tivesse, te queria, te procuraria.

E ficaram abraçados por um tempo. A noite era só dos dois. Logo ouviram os passos de Heloisa e Dr. Alberto que se aproximavam.

– Então, quer dizer que estavam aqui o tempo todo, não é? – brincou Heloísa.

– Estão todos te procurando, Miguel.

– Estava aqui o tempo todo com Rafaela.

– Pois então, vamos. Temos uma surpresa para você – disse Dr. Alberto, puxando-o pelo braço.

– É verdade, Miguel! Havia me esquecido. Também tenho uma surpresa – disse Rafaela.

– Deve ser a mesma que viemos avisar – disse Heloísa de forma fria. – Alberto e Miguel podem ir na frente. Eu tenho que conversar um pouco com a noiva.

– De forma alguma, Heloísa! O que você quer falar com Rafaela? Eu vou ficar porque quero saber.

Rafaela, porém, abanou a mão.

– Não se preocupe, meu amor. Já iremos para lá também. Faz parte da surpresa – mentiu.

– Vamos, meu filho Alberto – puxou mais uma vez. – Tenho certeza de que vai gostar.

Rafaela jogou um beijo para ele, sorrindo. E mesmo contrariado, foi. Heloísa, que sorria até então, fechou o rosto e disse:

– Agora vamos conversar de mulher para mulher.

– Claro. Diga, Heloísa.

Dr. Alberto puxava Miguel pelo braço e tinha a respiração ofegante. Ele também havia desabotoado o primeiro botão de sua camisa social e estava com o rosto vermelho. Era obvio a embriaguez do pai e ele tratou logo de dizer:

– O que está havendo, pai? Que surpresa é essa?

– Acalme-se, meu filho. Garanto que você vai gostar.

Quando estavam se aproximando da piscina, ouviram aplausos, mas não era para Miguel. Em volta do concerto, haviam pessoas que fechavam a visão e só se deixava ouvir uma doce música.

"Come stai, con chi sei."

O coração de Miguel acelerou. Aquele toque no violão que parecia preencher todo o vazio de sua alma e ausência estava ali. Era suave aos ouvidos, mas com uma força descomunal que fazia os olhos brilharem. Mais que depressa, Miguel desvencilhou-se das mãos de Dr. Alberto e entrou naquela roda de pessoas muito bem vestidas. E lá estava ele: sentado, com sua camisa branca velha e amarelada, calça preta desbotada que lhe segurava um suspensório preto, uma boina sobre a cabeça e um violão sobre seu colo.

–Vô Rossine! – exclamou Miguel com os olhos marejados.

Ele o olhou de volta, ainda tocando sua doce melodia. Seus olhos eram de um azul intenso, os cabelos já pouco esbranquiçados pelo tempo e as pontas dos dedos calejadas. Tinha doçura em seu olhar, tinha amor em sua música. Logo apareceu atrás dele uma senhora com um vestido preto e os cabelos grisalhos presos num coque. Seu rosto também envelhecido lhe dava a serenidade, e as rugas, a prova de sofrimentos vencidos. Começou a cantar.

Sua voz era melodiosa e doce. Pelos olhos castanhos e meio sorriso transmitia a grandeza e o sentimento de sua alma. Miguel logo a reconheceu.

– Vovó Geraldina!

Todos ficaram em silêncio. Que música linda. Até as estrelas que pouco se escondiam apareceram no céu para testemunhar a grandeza da arte que Geraldina e Rossine faziam nascer e preencher nos corações que ali estavam.

Miguel teimava em segurar as lágrimas. Que boas lembranças tinha de seus avós que moravam no interior de São Paulo. Sua mãe era idêntica à sua avó. Exceto pelos olhos, que aquela imensidão azul de Rossine também se banhava nos oceanos dos olhos de Alice.

A arte é a expressão de uma alma aflita que busca nas palavras dizer o sentimento que lhe inquieta. Rossine, sempre que podia, repetia essas palavras para Miguel. A voz melodiosa de Geraldina transformava aqueles versos em italiano em um sentimento de alma que mal cabia em melodias.

Ao pousar o violão, Rossine com certa dificuldade levantou-se e abraçou o neto com tamanho amor e afeto que fez os olhos brilharem.

– Mio bambino! – disse. – Quanta falta você me faz.

– Quanto tempo, vovô.

Geraldina aproximou-se e lhe depositou um beijo no rosto.

– Deus te abençoe, meu filho.

– Vovó, que saudades!

– Anda muito magrinho. Tem comido direito?

Miguel riu e a abraçou com força.

– Continua a mesma de sempre.

Ela acariciou os cabelos ondulados de seu neto. Rafaela aparecia com Alberto, sorrindo alegremente.

– Pelo jeito, gostou de nossa surpresa, não é, Miguel? – disse.

Rafaela foi em sua direção e Miguel a beijou levemente nos lábios.

– Como você conseguiu?
– Seu pai me ajudou.
Ele viu Alberto ajeitando os óculos e sentindo-se incomodado.
– Venha cá, e me dê um abraço.
Com carinho se abraçaram. Miguel o agradeceu de coração pela presença de seus avós. O que era mais importante em sua vida, sua lembrança mais cara. Era o que o deixava mais próximo de sua mãe.
Geraldina aproximou-se de Rafaela e, sorrindo, a abraçou e beijou no rosto. Mesmo não estando acostumada com essa tradição, ela se sentiu acolhida.
– Você continua bonita como sempre, filha.
– Obrigada, Dona Geraldina. Estávamos com saudades.
– E nós também. Mas é difícil para Rossine dirigir depois da cirurgia.
Alberto, que havia se desvencilhado do abraço do filho, apareceu e disse:
– Por isso, ficarão alguns dias conosco em casa.
– De forma alguma. Não queremos atrapalhar.
– Imagine, Dona Geraldina. Será um prazer recebê-los em nossa casa.
– E Miguel se sentirá mais feliz – completou Rafaela. – Veja como está *alegre* conversando com o avô.
Rossine dava conselhos para Miguel que já estava com o violão sobre o colo, arriscando algumas notas.
– Se é assim, ficaremos alguns dias. Cuidar de meu neto me faz bem.
Rafaela olhava com ternura para os avós de Miguel. Algo neles os aproximavam: a doçura, a sensibilidade de seus espíritos. Eram italianos e ela uma descendente de japoneses. Apesar das diferenças, ainda eram parecidos. Rossine ensinava Miguel e Geraldina tinha uma forma pura de olhar que parecia descobrir os segredos mais intensos e profundos. Ela estava tão envolvida que ao menos percebeu que seus pais haviam acabado de chegar e foram recebidos por Heloísa.

Eles estavam surpresos e não entendiam o tamanho daquela recepção. Rafaela havia dito que era apenas um jantar. D. Sae usava um vestido preto simples e brincos brilhantes e Saitou usava uma roupa social básica.

– Olá, Heloísa. Como vai? – cumprimentou D. Sae.

Heloisa não disfarçou o semblante ao vê-los.

– Muito bem.

– Onde está Sayuri?

– Rafaela está conversando com os avós de Miguel. Esperem na cozinha que eu a avisarei que chegaram.

Saitou olhou para os lados, enquanto Heloísa se afastava a passos rápidos.

– Onde será que ele está?

– Acalme-se – devolveu D. Sae. – Ele já deve estar vindo. Vamos para a cozinha?

A recepção seguia animada. As pessoas conversavam alegremente em volta da piscina e do longo gramado. Heloísa se aproximou e disse para Rafaela que estava conversando animada com Geraldina:

– Seus pais acabam de chegar. Pedi para que entrassem, mas preferiram ficar na cozinha. Devem estar com vergonha com a quantidade de pessoas com classe que estão aqui.

Os olhos de Rafaela chisparam de raiva. Não admitiria que ela tratasse seus pais da maneira que bem entendia. Geraldina, porém, a tocou no braço levemente e sorrindo disse:

– Vamos, então, filha. Vou adorar conhecê-los.

– Eles estão na cozinha. Deveriam aproveitar para ajudar na recepção.

– Hoje é o dia de Rafaela, Heloísa. Ao menos hoje, não precisarão fazer nada. Mas eu ajudarei. Fique tranquila. Vamos, querida?

E saíram em direção à cozinha. Heloísa as olhou com desprezo e bufou. Não admitiria aquela velha lhe dirigir a palavra como se aquela casa fosse dela. Havia insistido tanto para que Alberto desistisse de convidá-los para o noivado, mas ele foi contra.

– Se é importante para o meu filho que eles estejam aqui, aqui estarão. É o mais próximo que tem de Alice que ainda vive no coração de Miguel. Além do mais, sou muito grato à família de minha falecida esposa. Essa casa que estamos também os pertence.

Rafaela se aproximou de seus pais que se assustaram. Ela estava linda.

– Minha filha – disse D. Sae. – Você está como uma princesa. Está tão bela.

– Sayuri está digna da flor que é – disse Saitou.

– Essa é a avó de Miguel – disse abraçando Geraldina.

– Muito prazer.

Ela abraçou D. Sae que pouco se espantou e apertou a mão de Saitou.

– Vocês têm uma filha maravilhosa. Ficamos felizes de tê-los em nossa família, agora como se fôssemos uma.

Logo, Alberto apareceu e os cumprimentou. Estava anoitecendo e ficando tarde. Não poderiam se demorar mais.

– Rafaela, está na hora – disse.

– Na hora de quê? – perguntou D. Sae.

– Na hora a senhora saberá, mamãe. Vamos todos para fora.

Ao chegarem do lado de fora, vislumbraram a mesa central com um enorme bolo confeitado e doces. A lua ainda brilhava no céu e iluminava a todos. A música silenciou por um instante e as pessoas se aproximaram. Rafaela, que trazia os pais pelo braço, sentiu os olhos encherem de lágrimas. Miguel já os esperava junto de Alberto e Rossine. Leve brisa cercava os corações. Ela foi de encontro a Miguel que a beijou nos lábios e cumprimentou os sogros. Logo, começou a falar:

– Quando a vi pela primeira vez, senti meu coração acelerar. E desde o primeiro beijo, soube que ela seria a mulher que me faria feliz. Hoje, eu agradeço ao universo por de alguma forma nos aproximar. A outra metade de mim. Eu te amo e não existe sentimento igual neste mundo.

Rafaela tentava segurar as lágrimas. Os convidados sentiam-se comovidos. Aquele momento era único. Miguel a olhou nos olhos e continuou:

– Você é meu sonho que virou realidade. Por isso – tirou do bolso uma aliança dourada e muito bonita –, hoje é uma noite especial. É a noite em que selamos nosso primeiro compromisso.

E colocou a aliança no dedo anelar da mão direita de Rafaela. D. Sae olhava comovida e usava um lenço para secar as lágrimas que lhe borravam a pouca maquiagem. Miguel olhou para os sogros e disse:

– Por isso, peço que nos abençoem nessa nossa decisão. E como manda a tradição, peço à vocês a mão de Rafaela Sayuri em casamento.

Saitou ainda tentou disfarçar, mas sua voz trêmula deixava claro o que sentia.

– Nos pegou de surpresa. Esperávamos apenas um jantar e você nos faz isso? Quer a mão de minha menina em casamento? A minha pequena cresceu e já não é mais uma criança. Isso dói. Mas, acima de tudo, desejamos a felicidade dela. É com toda a satisfação do mundo que aceitamos essa união.

Rafaela chorava. Estava feliz. Seu coração sentia uma paz que jamais havia desfrutado antes. Ela abraçou seus pais e depois beijou Miguel fortemente.

– É hora de comemorar! – disse Alberto, abrindo uma champanhe.

Garçons serviram todos que estavam em volta da mesa. As taças estavam elevadas e Miguel resolveu brindar.

– À união de nossas famílias. E ao nosso amor que cresce cada dia mais.

Ele estava feliz também. Tinha a certeza de que Rafaela era a mulher de sua vida. Um de seus sonhos estava sendo realizado naquela noite. De algum jeito, sabia que sua mãe também estava feliz, onde quer que ela estivesse.

Seus olhos se desviaram de Rafaela por um instante e então sentiu seu mundo desabar. Seu coração disparou e sentiu um arrepio percorrer por toda sua nuca. Aquilo não podia ser real. Com aqueles olhos intimidadores e orientais, cabelo castanho e pouco bagunçado, vestindo uma camisa branca e uma calça preta justa, o garoto do aeroporto se aproximava.

– Você...!? – exclamou Miguel.

– Pelo jeito, já se conhecem, não é? – disse Rafaela alegremente.

Miguel estava paralisado. Não conseguia demonstrar reação alguma. Todos o olhavam desconfiados.

O garoto tranquilamente arrumou os cabelos e estendeu a mão em sua direção.

– Ouvi falar muito de você, Miguel. Eu sou Thiago Yuki, o irmão mais novo de Sayuri – disse sorrindo.

– Então, estamos todos em família – disse Geraldina que abraçou Yuki e o serviu com uma taça de champanhe.

– Mas o que está acontecendo aqui? – exclamou Miguel.

– O que foi, querido? – perguntou Geraldina.

– É uma ótima oportunidade para se conhecerem. Yuki voltou do Japão somente para isso – disse Saitou. – Esse é o noivo de sua irmã. Em breve, seu irmão mais velho.

Yuki sorria.

– Fico feliz em voltar e estar aqui com minha irmã em um momento tão especial – e, levantando a taça: – Um brinde aos noivos!

Onde foi seguido pelos outros. Todos estavam felizes com aquele encontro. Rafaela estava radiante por toda sua família estar em um momento tão importante em sua vida. Rossine já havia se sentado mais uma vez e já tocava outras músicas. Alberto estava com Heloísa e parecia satisfeito. Rafaela recostou sua cabeça no peito de Miguel e sentiu o coração dele acelerado.

– Gostou da nossa surpresa? – perguntou.

Ele não sabia o que dizer. Aquilo não podia ser verdade. O garoto do aeroporto era o irmão mais novo de sua noiva? E ele ao

menos parecia lembrar do que havia acontecido. Estava tranquilo e D. Sae tentava ajeitar um pouco seus cabelos. Miguel se limitou em abraçar Rafaela e dizer:
— Só quero estar com você. Pela vida inteira.
Embora ele mesmo já não tivesse tanta certeza.

A festa estava animada. Aos poucos, chegavam mais convidados. Todos se divertiam no recinto. Miguel, porém, estava distante de tudo e de todos. Seu pensamento estava perdido ainda e não sabia o que fazer. Rafaela o repreendia e perguntava por várias vezes se estava tudo bem.
— O que está havendo com você? Está diferente e mais quieto. Pensei que havia gostado da surpresa.
Ele tentava contemporizar:
— Não é nada. Somente estou um pouco cansado.
— Eu também. Foram tantos preparativos e tantas preocupações que estava aflita. Agora, pelo menos, podemos aproveitar esse tempo em família. Mas então, o que achou do meu irmão?
Miguel sentiu a espinha gelar.
— Como assim? Por que pergunta?
— Sua reação foi de surpresa. Parece até que já haviam se visto antes.
Aquilo não podia ser verdade. Será que ele havia dito algo para Rafaela? Teria tido a coragem de dizer o que havia acontecido?
— Impressão sua. Nunca o vi.
— Mas você se lembra que eu falava dele, não é?
— Poucas coisas.
— Sim. Foi uma época de brigas em casa. Papai não aceitava as ideias dele e por isso ele foi embora do país. Ficou durante bom tempo no Japão e agora retornou.
— E ele pretende ficar?
— Eu gostaria que sim. Mas acho que Yuki não se acostuma mais em viver por aqui. Sem contar que aprendeu a falar japonês sozinho e é um grande dançarino. Estava morando em Moscow e se apresentava em uma companhia. Ele é uma pessoa maravilhosa. Fico feliz de que esteja aqui vivendo este momento comigo.

Miguel se sentia aflito. Queria sumir daquele lugar ou simplesmente ir embora para o seu quarto. Aquilo não podia estar acontecendo. Rafaela estava tão alheia aos sentimentos de Miguel que, com um aceno de mão, chamou Yuki que conversava animadamente com D. Geraldina para próximo dela e o abraçou. Aquilo deixou-o nervoso.

– Olha, amor. Meu irmão não é lindo?

Miguel se sentia desconcertado. Ao menos conseguia olhar para aqueles dois.

– Não fale assim, Sayuri-ne. O meu irmão mais velho gosta de mulheres, não é verdade, Miguel?

Yuki sorria. Abraçado à irmã, parecia se divertir com toda aquela situação. Como podia ser tão cínico? Seu coração estava disparado. De repente, D. Sae apareceu e, sorrindo, dirigiu-se a Yuki:

– Querido, estou preparando alguns petiscos japoneses para você se sentir mais confortável.

– Não é preciso. Estou acostumado com a comida brasileira também.

Ela abanou as mãos.

– Nada disso. Vamos comigo para a cozinha e ver o que deseja. Vamos deixar os noivos a sós.

Ela deu uma piscada de olhos para Rafaela que sorriu e logo desapareceram em meio aos convidados. Miguel ficou mais aliviado. A simples presença daquele garoto o deixava irritado.

Logo, alguns músicos tocaram músicas típicas italianas. Todos mesmo sem jeito começaram a dançar e se entregaram àquela tradição. Era algo mágico. D. Geraldina e Rossine, mesmo com as limitações da idade, também dançavam. Ver sua avó sorrindo era um presente do qual Miguel jamais abriria mão.

Rafaela também quis dançar. Tirou os sapatos de salto alto que já a estavam incomodando e afrouxou a gravata de Miguel que pouco suava. Ele estava feliz. Aquelas músicas lhe davam uma sensação de felicidade indescritível.

Depois de um tempo dançando, Rafaela pediu licença para colocar uma roupa mais confortável. Seus cabelo já estava todo liso e sua maquiagem borrada, comentário que não passou desapercebido por Heloísa. Miguel se enfureceu. Rafaela, por sua vez, não se incomodou e foi em direção a um dos quartos. Ele resolveu fazer o mesmo. Não gostava de usar roupa social e ela já estava grudando.

Subiu para o seu quarto. Já era altas horas da madrugada e se não fosse a iluminação do hall tudo estaria escuro.

Ao chegar ao corredor, sentiu a presença de alguém que o empurrou contra a parede. Ele tentou reagir, mas depois de sentir aquele perfume não conseguiu fazer mais nada. Ele estava com a respiração ofegante. Yuki pressionou seu corpo junto ao dele e disse como em um sussurro:

– Sentiu saudades de mim?

Miguel estava confuso. Seu coração estava acelerado.

– O que você está fazendo?

Yuki o acariciava e, mesmo estando escuro, ele podia ver o seu olhar penetrante.

– Sabia que hoje você está mais bonito que naquele dia do aeroporto? Seu perfume, seu corpo.

– Você não vê o que está fazendo com sua irmã?

– O que eu faço? E o que você faz?

– Eu não faço nada!

– Você se engana e a ela também. Acha que ela ainda não percebeu?

– Nunca enganei Rafaela...

– Até quando vai mentir para si mesmo?

Dizendo isso, Yuki o beijou fortemente. Passou a mão pelos cabelos despenteados de Miguel e o puxou com força. Até sem perceber, Miguel o havia laçado pela cintura. Yuki o beijava no pescoço e na orelha. Sentiu Miguel enrijecer. Deu as costas para ele e encostou-se sobre o corpo, esfregando-o. Miguel estava inebriado.

– Por favor, não faça isso... – suplicava.

– Faço sim. Sei que você está gostando.

Yuki desabotoou a calça de Miguel e o tocou com os lábios. Ele gemia de prazer e desejo. Não conseguia se controlar. Ele levantou Yuki e o agarrou pelos cabelos beijando-o. Ele levantou a blusa e lambeu um dos mamilos de Yuki. Viu aquela pele branca como a neve e sentia mais vontade de tomá-lo nos braços. De repente, ouviram passos e uma luz se acendeu em meio ao corredor. Yuki disfarçou e Miguel abotoou a calça rapidamente. Era D. Geraldina que havia chegado.
– Desculpem. Estou atrapalhando?
– Não, vó! De forma alguma!
Yuki arrumava os cabelos olhando para fora da janela, em direção a piscina.
– Vim arrumar um dos quartos para que possamos nos acomodar essa noite. Eu e seu avô já estamos cansados. E vocês o que fazem aqui?
– Eu vim trocar de roupa pois já estava cansado de usar aquele traje. E ele...
– Heloísa pediu para que deixasse minha mochila no quarto de Miguel e eu vim pegar meu celular.
– Bom, então está tudo bem – disse sorrindo. – Vamos tomar um chocolate quente comigo, Yuki?
– Eu adoraria.
– Depois você poderá nos encontrar lá embaixo se quiser, Miguel.
– Acho que ele ainda vai querer ficar um tempo a sós com a noiva.
– Pois bem. Nos encontramos lá embaixo. Vamos, filho?
Yuki foi em direção à D. Geraldina sem ainda sussurrar essas palavras para Miguel:
– Ela sabe também o que no fundo você é. Não adianta mentir para si mesmo.
Foram em direção às escadas e partiram. Miguel entrou para seu quarto assustado. O coração ainda estava descompassado e ele não sabia o que fazer. Sentiu-se sujo, imoral. Era o dia do seu noivado e o que estava acontecendo não estava certo. Porém, Rafaela

o esperava ainda no andar de baixo. Achou melhor não demorar para se trocar e, muito menos, lembrar em seus pensamentos.

Yuki bateu forte a porta de seu quarto e a trancou. Acendeu a luz e jogou-se em sua cama antiga e muito bem forrada. Já era madrugada e ele e seus pais já haviam voltado da festa de noivado. Seu corpo estava cansado, mas sua mente não parava por um momento. Olhou e viu as malas ainda não desfeitas em volta do quarto pouco empoeirado. Seu antigo quarto estava quase desmontado, mas a pedido de D. Sae ele continuava do mesmo jeito que antes, porém com algumas caixas e enfeites de Natal.

Sentiu os olhos marejarem e seu coração doía forte. No fundo, sentia-se culpado por tudo aquilo. Jamais havia imaginado que o rapaz que havia encontrado no aeroporto fosse noivo de sua irmã. Mas não podia negar: desde que chegou, pensava nele todos os dias e sabia, dentro de seu coração, que o encontraria de novo. Mas desse jeito? Por que tinha que ser assim? Rafaela era sua irmã, a única que a entendia. Aquilo não era justo. Mas era só pensar em Miguel que sentia um calor incontrolável dentro do coração e a respiração falhava.

Engoliu em seco, sentiu a garganta dobrar e dos olhos um mar de sentimentos se esvaía de sua alma. Sorrindo, olhou pela janela e observou ainda algumas estrelas e disse para si mesmo:

"Tinha que ser assim. É o destino."

E prometeu para seu coração e para aquela noite fria: Miguel seria dele, pois ele já era de Miguel.

❃

Miguel sentiu a luz do sol queimar o seu rosto logo pela manhã. Fazia um mês que havia noivado. Apesar disso, D. Geraldina e Rossine estavam ainda hospedados na casa do Dr. Alberto.

Miguel estava confuso. Apesar de seu compromisso estar selado com Rafaela, sentia-se cada vez mais distante de seu coração. Não sabia explicar o que sentia. Era tudo o que ele sempre desejava, mas agora não se sentia completo. Porém, afastou de sua cabeça qualquer pensamento diferente. Tão logo tomou seu café da manhã e foi para o banho. Escolheu uma roupa bonita e um ótimo perfume. O que Rafaela mais gostava. Olhou-se no espelho. Sentia o peito quente e uma sensação única. Lembrou-se dos olhos puxados de sua menina, mostrando todo o seu mistério num movimento indescritível. Logo, os olhos pouco clarearam, ficando em uma cor quase que castanho. Lembrou de Yuki. Sentiu raiva. Aquilo não podia ser verdade. Definitivamente, ele era homem e amava Rafaela.

Resolveu sair logo de casa. Estava um dia nublado e pouco ventava. Tinha um almoço marcado na casa de D. Sae. Apesar de contrariado, tinha de ir.

Ficou feliz por não ter pegado trânsito e acabou chegando um pouco mais cedo do que o combinado. Ao estacionar, foi recebido por D. Sae.

– Olá, Miguel – disse curvando-se como uma reverência. – Como está?

– Tudo bem.

– Sayuri saiu com Saitou para fazer algumas compras. Já estão voltando.

– Sem problemas.

– Mas vamos entrar – disse abanando as mãos. – Preparei Okoshi para comer com chá. Você vai gostar.

– Está bem.

Miguel sentou-se, enquanto D. Sae voltava com uma bandeja com aperitivos. Yuki passou por entre a sala e ele se assustou.

– Como vai, Miguel? – perguntou.

Ele sentiu a espinha gelar. Não conseguia ao menos olhá-lo nos olhos.

– Bem.

– Yuki, já disse para arrumar seu quarto. Nem pense em sentar.

Contrariado, levantou-se. Antes que pudesse falar algo, a porta se escancarou e Rafaela entrava correndo com sacolas em sua mão seguida por Saitou. Seu sorriso preenchia o ambiente e correu em direção a Miguel, abraçando-o forte.

– Meu amor – dizia. – Estava com tanta saudade.
Yuki passou entre os dois antes de subir e disse:
– Que lindo casal.
Miguel sentiu a garganta dobrar e quente.
– O almoço já está pronto. Vamos comer?
Todos se sentaram à mesa. Rafaela convenceu Yuki a comer alguma coisa. D. Sae havia preparado arroz, feijão e carne de panela, além das costumeiras iguarias nipônicas: sushi, tempurá, sopa Missô e tofu frito.
– Itadakimasu! – disse Yuki e começou a comer.
– Todos estão tão quietos hoje – disse Rafaela.
– Estamos comendo – disse Saitou com sua voz grossa e pausada. – É falta de respeito falar durante as refeições.
– Suas dores de cabeça passaram, Sayuri? – perguntou D. Sae.
– Diminuíram. Hoje não senti nada.
– Estranho essas dores. Mas se já passaram, é um bom sinal.
– disse Miguel, tomando a sopa.
De repente, ele sentiu uma mão pousar sobre a sua calça, desabotoando-a. Não podia ser Rafaela, pois estava a sua frente. Era Yuki. Ele abriu a calça, passou pela cueca e pegou. Sentiu-se enrijecer. E quanto mais tentava se controlar, mais duro ficava. Sentia tanto prazer que começou a suar. Yuki o massageava e estava começando a ficar ofegante.
– O que houve, Miguel? – perguntou D. Sae. – Está vermelho. A sopa está muito quente?
Ele olhou para Yuki, que estava mordendo os lábios segurando o riso.
– Não... só estou com calor.
– Deve estar febril – disse Yuki.
– Deve ser mesmo. Hoje está tão frio.
Yuki fazia uma terrível força para não rir. Miguel sentiu ódio e fez menção de se levantar, fazendo-o tirar a mão de dentro da sua calça.
– Não gostou da comida? – perguntou. – Se eu fosse você, pensava duas vezes antes de se levantar.

Miguel percebeu que ainda estava duro e que sua calça estava desabotoada. Se ele levantasse, todos veriam.

– Gotisousama–deshita – disse Saitou, levantando-se parecendo extremamente incomodado.

– Papai continua o mesmo – resmungou Yuki.

– A idade o tem deixado pior. Acredite – disse Rafaela.

Logo, foi servido a sobremesa: sorvete com doce de feijão, que todos saborearam com prazer. Yuki resolveu ir para a sala assistir televisão, enquanto Rafaela e Miguel foram em direção ao quarto.

– Por que seu irmão resolveu voltar logo agora? – perguntou assim que encostaram a porta.

Rafaela espantou-se com o modo incomum que Miguel falava.

– Também não sei. Deve ter se cansado do Japão.

– E por que ele foi para lá?

– É uma história longa. Um dia vou te contar.

– Não, não precisa.

– Mas ele é bonito, não é?

– Não sei. Não sou de achar homem bonito.

– Ele aprendeu japonês sozinho. Teve uma vez até que...

– Não quero saber sobre seu irmão!

Rafaela se espantou. Não era comum ele ter aquele tipo de atitude. Realmente ele havia mudado.

– O que está acontecendo? Não precisa falar desse jeito.

– Me desculpe. Não quis ser grosseiro.

– Mas foi.

Miguel a agarrou pela cintura e a beijou ardentemente. Enfim, estavam juntos mais uma vez e nada podia acabar com aquele momento.

– Me desculpe. Às vezes, falo coisas sem pensar.

Rafaela acariciava os cabelos pouco bagunçados de Miguel num gesto único.

– Esquece. Deixemos para lá. Já passou. Eu te amo, sabia?

– Eu também.

Miguel a pressionava forte contra o seu corpo como se tentassem ser apenas um só corpo. Ele sentiu o cheiro de sua pele e o desejo aumentava. Tirou a camisa e a deitou na cama. Acariciava e penteava seus cabelos com os dedos. Aquela cintura desenhada e a pele branca o deixavam inebriado. Sentiu-se rígido mais uma vez. "Sou homem! Sou homem!" Tocou nos seios de Rafaela e ela suspirou. Ela era o amor de sua vida. Com ela, havia jurado estar para sempre junto. Ao seu lado, sentia-se bem. Nada seria capaz de fazê-lo deixar de amá-la com todas as suas forças. Nem Yuki conseguiria.

Rafaela, porém, levou sua mão à cabeça e gritou. Seu rosto retorceu-se e mal conseguia enxergar.

– Rafa! Rafa! – chamava Miguel, tomando-a nos braços. – O que houve?

– Minha dor de cabeça piorou.

Ela massageava a cabeça com a ponta dos dedos, tentando se acalmar, porém, era mais forte que ela. Sentiu o estômago dar um nó e uma forte vontade de vomitar. Empurrou Miguel e correu em direção ao banheiro.

– Rafa! Está tudo bem com você?

Ele, porém, só ouvia os soluços e tosses. Rafaela estava em frente ao vaso sanitário e vomitava muito. O que estaria acontecendo? Ela se perguntava sem achar respostas.

Dr. Alberto chegou o mais rápido que pôde e Saitou já o esperava com a porta aberta apesar da chuva. D. Geraldina fez questão de acompanhá-lo.

– Onde ela está? – perguntou.

– No quarto com Sae.

Subiram as escadas a passos apressados e avistaram Miguel do lado de fora do quarto Ele se emocionou ao ver D. Geraldina.

– Vovó! Eu não sei o que está acontecendo com ela! Juro que não fiz nada!

– Acalme-se, querido. – disse abraçando-o. – Seu pai já vai examiná-la. Não deve ser nada grave.

Yuki os olhava sem entender direito, mas decidiu não se intrometer.
Quando Dr. Alberto entrou no quarto, viu D. Sae ao lado da cama e Rafaela deitada. Estava suando e tinha uma toalha molhada sobre a testa. Ao vê-lo, levantou e curvou-se como reverência.
– Obrigada, Dr. Alberto, por vim em nosso pedido.
– Deixe-me examiná-la.
Ele mediu sua pressão. Estava alta.
– O que sente, minha filha?
– Minha cabeça dói e sinto enjoo.
– Fique tranquila.
Do lado de fora do quarto, Miguel continuava abraçado com a avó quando D. Geraldina viu Yuki ao lado. Sorrindo, lhe cumprimentou:
– Como está, meu querido?
Ele espantou-se.
– Estou bem, vovó. E a senhora?
– Muito bem. Podem me contar o que ela tem?
Em poucas palavras, descreveram o que havia acontecido. D. Geraldina os ouvia atenciosa. Não perdia uma palavra. Tinha um semblante preocupado. Miguel, percebendo, logo perguntou:
– Mas ela vai ficar bem, não vai?
Sorrindo, ela respondeu:
– Tudo está bem, meu filho. Mas vocês precisam ser fortes.
E apontou para Yuki. Ele assustou-se.
– O que isso quer dizer?
– Só o amor constrói. Ele é como uma rosa. Tem uma cor e perfume únicos, mas também tem seus espinhos. Mas se tiver coragem de passar por eles, poderá admirar sua beleza.
Miguel e Yuki não entendiam o que ela queria dizer com aquilo.
– E não se esqueçam: apesar de serem parecidas, uma rosa não é igual à outra.
A porta do quarto abriu e o Dr. Alberto saiu seguido por D. Sae.

– E então? Como ela está? – perguntou Miguel.
– Ela está bem. Já lhe passei um calmante.
– E o que ela tinha?
– O mais provável é uma crise de enxaqueca. Entretanto, ela deverá fazer alguns exames mais detalhados.
– Posso entrar para falar com ela?
– Ela está quase dormindo – disse D. Sae. – Melhor deixar que descanse.
– Se acalme, querido – disse D. Geraldina. – Ela já está bem.

Já estava escurecendo e logo o jantar seria servido. D. Geraldina pediu licença à D. Sae para preparar alguns pratos típicos da Itália e um chá de camomila para Rafaela assim que ela acordasse. E então, todos se deliciaram com um excelente jantar.

Já era tarde quando Dr. Alberto e D. Geraldina resolveram voltar para casa. Miguel resolveu esperar mais um pouco para ver se Rafaela acordava.

D. Sae subiu para tomar banho enquanto Saitou já havia se deitado.

– Miguel, tem certeza que quer esperar?
– Sim, se não for incomodá-los, eu gostaria.

Ela abanou as mãos.

– Não será nenhum incômodo. Fique à vontade.

Miguel jogou-se no sofá e deixou-se afundar nele. Mais uma vez, seus pensamentos voltaram para atormentá-lo. A televisão estava ligada, mas ele nada assistia. Estava distante mais uma vez. Procurou por algum culpado em toda aquela história. Porém, no fundo, ele sabia que a culpa não era de ninguém, somente dele mesmo e de seus sentimentos que ele se recusava a aceitar. Aquilo não podia ser verdade.

De repente, ouviu passos descendo as escadas. Seu coração disparou e se virou depressa pensando que era Rafaela. Mas era Yuki que o olhava. Ele passou direto e foi para a cozinha.

"Esse garoto é um terrorista."

Miguel não sabia explicar o que sentia. Queria acreditar que era Rafaela quem ele queria ver, mas, no fundo, esperava que realmente fosse Yuki. E o futuro que via junto a ela? Onde estavam seus planos e seu coração que se acalmava com a simples presença de sua amada? Havia algo de errado. Ele lhe tirava a paz, mas era isso que ele queria.

Yuki apareceu na sala com um copo de suco. Miguel tentou disfarçar, fingindo prestar atenção na televisão, mas não conseguia negar: aquele garoto estava lindo. Yuki usava um pijama azul-claro com uma bermuda curta, seus cabelos ainda estavam sobre a testa e usava o mesmo perfume. Sua pele parecia muito macia e os lábios eram iguais aos de Rafaela.

– Onde foram todos?

– Foram embora.

– E o que está fazendo aqui?

– Estou preocupado com Rafaela. Por isso, fiquei.

– Na verdade, é porque você não quer ir embora.

– Se eu quisesse, ia embora agora.

– Mas você não quer.

– Porque quero ver Rafaela.

– Não – respondeu Yuki, aproximando-se. – É porque você queria me ver.

Miguel sentiu a espinha gelar. Suas mãos tremiam e sentiu o coração acelerar. Aqueles olhos puxados o olhavam de uma maneira diferente. Era como se soubesse o que lhe ia na alma.

– Não se aproxime! – disse Miguel levantando-se. – Não chega perto!

– Qual o seu medo? – sorriu.

– Você!

– Não. Na verdade, você tem medo do que sente. Não de mim.

– Queria ver se teria coragem de ser o que você é na frente dos seus pais!

– E você? Será que teria essa mesma coragem?

– Não sou igual à você! Você é uma aberração! Yuki colocou o copo sobre a mesa da sala, tirou seu pijama e o jogou no chão. Miguel estava ofegante. As mãos suavam e a voz estava trêmula. Ele sentia medo.

– O que você está fazendo?

– O que você estava esperando que eu fizesse. Não adianta tentar se enganar. É isso que você quer.

Miguel não conseguia parar de olhar o corpo nu de Yuki. Era algo hipnotizante. Ele não tinha pelos e era magro com uma cintura pequena e bonita. Os braços alongados ao lado do tronco lhe davam um aspecto atraente e, no seu pescoço, tinha um cordão com uma moeda japonesa. Ele mexeu nos cabelos, enquanto caía forte chuva do lado de fora.

– Vista-se!

Yuki, então, o empurrou e o fez sentar no sofá. Miguel tentou levantar-se mas ele se acomodou sobre seu colo, olhando-o de frente, laçando suas mãos sobre o pescoço de Miguel que se arrepiou. Não conseguia reagir. Aqueles olhos o dominavam.

– Até quando vai se enganar?

– O que você está fazendo?

– Deixe-me fazer o que Sayuri–ne não consegue – disse, aproximando seus lábios do ouvido de Miguel. – Te fazer feliz.

E, dizendo isso, beijou-o ardentemente. Miguel queria que aquilo parasse, mas não conseguia lutar contra seu desejo. Sentia-se arrepiar com Yuki sobre seu corpo, como nunca havia se sentido antes. E, por um instante, chegou a pensar que ele realmente o pudesse fazer feliz.

Houve um estalo na porta e Miguel assustou-se arremessando Yuki sobre o sofá e pondo-se de pé.

– Foi só o vento.

Ele recuperava o fôlego. Aquilo era demais. Quem aquele garoto pensava que era? Ele não podia brincar com os sentimentos das pessoas daquela forma. Miguel sentia raiva.

– Você... – titubeou. – nunca mais faça isso! Está me ouvindo!? Nunca mais!

Yuki vestiu seu pijama e subiu as escadas sem nada dizer. Logo ouviu a porta de seu quarto batendo. Miguel o odiava profundamente. Olhou para sua calça: estava duro e molhado. Não podia acreditar no que estava acontecendo. Ele não havia feito nada! Deixou-se levar mais uma vez por aquele garoto. Estava se sentindo atraído por ele como nunca havia se sentido por alguém antes. Sentiu o peito doer. Aquilo poderia ser verdade? De repente, ele ouviu passos descendo as escadas. Aquele garoto! Não podia ser verdade. No que ele estaria pensando? Não levava em consideração que ele era noivo de sua irmã?
 – Miguel? – ouviu-se.
Ele virou rapidamente. Aquela voz doce que lhe acalmava, lhe trazia paz e fazia seu coração asserenar. Com o semblante cansado e os olhos parecendo menores do que realmente eram, Rafaela se aproximava.
 – Meu amor – correu em sua direção. – Como está se sentindo?
 – Estou melhor, mas um pouco enjoada.
 – Vamos para a cozinha. Minha avó preparou um chá e biscoitos para você comer.
Rafaela sentou-se de frente à mesa, enquanto Miguel colocava a chaleira no fogo. Ele estava nervoso. Tentava disfarçar sorrindo e fazendo brincadeiras, mas Rafaela continuava com o olhar distante e pouco respondia.
A chuva ainda caía forte e as folhas das árvores começavam a cair. A luz fraca da cozinha os iluminava fazendo sombras sobre o chão. Miguel dispôs sobre a mesa alguns biscoitos e, assim que a chaleira apitou, tirou uma xícara fumegante de chá de camomila para Rafaela.
 – Aqui está.
 – Obrigada – disse bebericando do chá.
Ambos ficaram em silêncio. Somente o barulho da chuva sobre o telhado e o vento forte podiam ser ouvidos. Dentro do coração de Miguel existiam sentimentos diversos que ele se recusava a aceitar. Não queria entender o que acontecia. Amava Rafaela e

disso não tinha dúvidas, mas toda vez que a olhava se sentia mais distante do amor que um dia havia sentido.

– Me desculpe – disse ela, ainda com o olhar perdido enquanto pegava um dos biscoitos. – Não queria que as coisas fossem assim.

– Não precisa se desculpar, meu amor.

– Eu te amo, sabia?

Miguel sentiu o peito pesado e engoliu em seco.

– Eu também – disse sentando-se do seu lado e lhe afagando os cabelos.

– Eu fico feliz em poder estar aqui com você – disse Rafaela sorrindo. – Mas não podemos fechar os olhos para o que está acontecendo.

Miguel assustou-se e seu coração acelerou. Será que Rafaela havia percebido algo? Será que havia visto Yuki? Não, aquilo seria um duro golpe para ela. Quando Rafaela terminou de tomar o chá e afastou o prato de biscoitos, Miguel disse:

– Deite um pouco. Você está cansada e precisa dormir.

Rafaela lhe beijou no rosto e sorriu. Havia tristeza em seu olhar e aquilo não passou despercebido.

– Vamos ter tempo para conversar. Não vai adiantar fugir dos fatos.

Ela o acompanhou até a porta e ele saiu. Ainda chovia forte e ele foi correndo para dentro do carro. Viu quando as luzes da casa de Rafaela se apagaram e, durante o caminho de volta, Miguel muito pensava. O que será que ela queria dizer com aquilo? Será que ela já havia percebido algo estranho? Será que Yuki havia dito algo?

Dentro de seu quarto, Rafaela olhava as fotos que havia tirado com Miguel no dia de seu noivado. Observava a mesa bem posta, os convidados, a decoração muito bem feita. Como ela estava feliz naquela noite, quanta magia os envolvia! Pôde até sentir o perfume das rosas que sua falecida sogra havia plantado. Ela e Miguel que trocavam juras de amor sobre o luar. Aquilo ainda seria verdade? O que estava acontecendo com ele? Ela o sentia tão distante, ele já não a olhava como antes. E, apesar da chuva, muitos puderam ouvir o soluço de choro do coração de Rafaela que se rompeu. As lágrimas caíam quentes sobre o rosto já avermelhado. Ela se sentia triste e sozinha. A dúvida lhe assombrava. Ela tinha o peito apertado. Aquilo, então, seria real?

❀

Miguel mal havia conseguido dormir. Seus pensamentos o atormentavam. O que estava acontecendo, afinal? Sentia o peito apertado. No fundo, sabia que seus sentimentos estavam mudando, mas também sabia que aquilo era injusto.

Ao descer as escadas, ouviu vozes vindo da cozinha. Heloísa falava alto e parecia nervosa. Seja com quem quer que fosse, ela estava brigando.

– Essa casa não é de vocês e já está na hora de irem embora! Onde pensam que estão?

Ao ouvir aquilo, Miguel entrou na cozinha e viu D. Geraldina com os olhos molhados, sentada ao lado de Rossine. Heloísa, vendo-o, se assustou e abriu os olhos. Gaguejando, tentou explicar o que estava acontecendo.

– Você está colocando meus avós para fora dessa casa? – perguntou.

– Não é isso! É que temos toda uma rotina nessa casa...

Heloísa não conseguiu terminar o que dizia. Seu rosto havia virado e sentia gosto de sangue na boca. A mão de Miguel ainda pairava no ar depois do tapa que havia lhe dado. D. Geraldina o afastou rapidamente.

– Isso não é necessário, meu filho! Acalme-se!

Heloísa tinha os olhos vermelhos. Estava furiosa.

– Isso não vai ficar assim!

E partiu para cima de Miguel e D. Geraldina.

– O que está acontecendo aqui?

Dr. Alberto acabava de entrar na cozinha. Estava pasmo com o que estava acontecendo. Heloísa, vendo-o, correu em sua direção abraçando-o e chorando copiosamente.

– Miguel acaba de me dar um tapa! Ele está fora de si!
– Ela estava dizendo para meus avós que eles deveriam ir embora! Essa casa não é dela!
– O quê? Heloísa você disse isso?
– Claro que não! Ele está mentindo! Jamais faria uma coisa dessas!
– Diga o que aconteceu, vovó! Fale o que ela estava dizendo!

D. Geraldina estava trêmula. Aquilo não era um bom sinal. Jamais imaginou que aquilo poderia acontecer. Ela e Rossine não gostavam de brigas. Disfarçando em um sorriso tímido, tentava dizer:

– Tudo não passou de um mal entendido. Eu e Rossine estamos voltando para o interior e estávamos contando para Heloísa.
– Eu sei quando você está mentindo, vovó.

D. Geraldina silenciou. Não sabia o que dizer.

– Não precisa ficar bravo, meu filho.
– Se não passou de um mal entendido, não há necessidade de tanto barulho. Se seus avós querem ir embora, não podemos fazer nada.
– Claro que podemos. Essa casa é da família de minha mãe, você se esqueceu? Essa casa não pertence a vocês.

Dr. Alberto estava pasmo.

– O que você quer dizer com isso?
– Quero dizer que já suportei muito Heloísa por aqui. Isso não vai mais acontecer. Quero que ela vá embora.

Todos estavam chocados. Heloísa sentiu um arrepio passar pela espinha.

– Você não pode estar falando sério. Heloísa faz parte da família.
– Pois estou falando sério. Quero que ela saia.

D. Geraldina segurou Miguel pelo braço.

– Não precisamos brigar. Eu e Rossine precisamos voltar para nossa casa e cuidar de nossas vidas. Minhas plantas devem estar todas secas.

– Vovó! Eu quero vocês comigo! Principalmente agora que eu estou...!
Miguel silenciou. Não podia contar aquilo para D. Geraldina. Ela poderia não entender. Ela sorriu docemente e lhe beijou no rosto.
– Não se preocupe, meu filho. Eu sei. E meu amor continua o mesmo por você.
Ele se assustou.
– Você precisa ser forte – e olhando para Rossine. – Vamos? Nossas malas já estão prontas.
Miguel tentou impedir, mas foi inútil. Eles estavam decididos a partirem depois do almoço.
Já era quase meio-dia quando Rafaela chegou à casa de Miguel. Sentiu o clima pesado e sabia que algo havia acontecido. Apesar disso, nada disse.
Depois de almoçarem, Miguel convidou D. Geraldina e Rossine para irem ao Museu do Ipiranga antes de irem embora. Depois de muita insistência, resolveram ir.
– Só não podemos voltar muito tarde, meu filho. Hoje ainda temos que ir para nossa casa no interior.
"Então, é isso!" – pensou Rafaela. "Por isso ele está distante."
– Não queria que vocês fossem embora – disse enquanto dirigia.
– Também sentiremos saudades. Mas vocês sabem que são sempre bem-vindos em nossa casa. Podem nos visitar quando quiserem.
Miguel sorriu levemente e, durante todo o caminho, foram em silêncio. Quando chegaram, passaram pelo jardim do lado de fora, onde alguns rapazes bem agasalhados ainda desciam as rampas com skate. Apesar de pouco chover, o frio os fazia usar blusas para se esquentarem.
Um pouco afastados de D. Geraldina e Rossine, que admiravam algumas flores, Rafaela segurou a mão de Miguel que parecia distante. E, olhando-o profundamente nos olhos, perguntou:

— O que está acontecendo?
Ele sabia que não podia dizer nada. Sua alma estava atormentada e o peito apertado.
— Desculpe. Mas eu não sei. Sinto que algo mudou.
Rafaela também tinha o peito apertado. Aquilo não podia estar acontecendo.
— Não vamos apressar as coisas. Sei que o noivado foi rápido demais e não temos muito tempo para ficarmos juntos. Mas logo tudo isso passará e vai ficar bem. Tudo será como era antes.
— Você acredita nisso?
Ela se assustou.
— Claro! Tudo com o tempo se ajeita! E nós estaremos juntos!
— É isso o que você quer?
— Sim. Você não pode duvidar dos meus sentimentos. Eu quero envelhecer ao seu lado.
Miguel sentia-se pressionado. Tinha que pôr um fim nessa situação. Não podia mentir para si mesmo e muito menos para Rafaela.
— Eu já não tenho certeza se ainda quero estar com você.
Rafaela sentiu-se mal. Seu estômago embrulhou. Então, o que havia sentido não era mentira. Miguel realmente estava distante. Sentiu os olhos brilharem. Seu mundo estava caindo.
— Meu amor, o que houve? O que você quer dizer com isso?
— Não quero enganá-la. Sabe que gosto muito de você, mas estou confuso.
Antes que pudesse responder, o celular de Rafaela tocou e ela atendeu D. Sae, que tinha a voz ofegante e dizia:
— Seu pai está indo para o hospital. Ele não está se sentindo bem.
— Como assim? Quem está o levando?
— Eu e Yuki.
Ela falava rapidamente e com sotaque. Estava nervosa demais para conseguir falar português.
— Meu pai está indo para o hospital! — disse para Miguel.

– Meu Deus! O que ele tem?

– Não sei! Minha mãe está muito nervosa e não consegui entender.

– Pois entre no carro! Vamos para lá!

Não demoraram muito e já estavam na recepção do hospital. Estava anoitecendo e ainda garoava pouco. Miguel encontrou D. Sae sentada em um dos bancos de espera. Ela tinha o semblante preocupado. Ao ver Rafaela, correu em sua direção abraçando-a.

– Mãe, o que aconteceu?

Ela em poucas palavras explicou. E enquanto D. Geraldina e Rossine tentavam acalmá-la, Dr. Alberto, que estava em plantão, ia para a emergência saber o que realmente estava acontecendo.

– Fique calma. Temos que manter a razão – disse Miguel.

– Como quer que eu fique calma? Meu pai está passando mal!

– Onde está Yuki?

Rafaela espantou-se.

– O que você quer com ele?

Miguel congelou. Percebeu que não deveria ter feito aquela pergunta. Não era comum.

– Eu estou aqui.

Ele se virou. Viu que Yuki estava bem arrumado e usava o mesmo perfume. Em relação à Rafaela, ele parecia bem mais tranquilo.

– Onde você estava? – perguntou Rafaela.

– Fui ao banheiro.

– Você não parece ao menos se importar com o que está acontecendo!

– Não é isso. Ele já está sendo atendido. Só nos resta esperar.

– Tudo que não precisamos aqui é de briga – disse D. Sae, aproximando-se.

– Pare com isso, Rafaela – disse Miguel. – Está chateando sua mãe.

– Pare você de defender Yuki! De que lado você está?

Miguel espantou-se. Ela estava fora de si.

— Não seja infantil — disse Yuki.
— Infantil? Eu sou diferente de você! Tão diferente que aceito o que eu sou!
— Do que você está falando?
— Você é um homem, Yuki! E seria bom que você se comportasse como tal!

O rosto de Rafaela foi movido pelo tapa que D. Sae lhe deu. Sua mão ainda pairava no ar e seus olhos miúdos a fulminavam.

— O que está acontecendo aqui? — chorava. — Será que só eu percebi que Yuki veio trazer problemas?

— Acalme-se, minha querida — disse D. Geraldina abraçando Rafaela. — Você está nervosa e eu te entendo. Vamos lá fora para conversarmos um pouco. Logo tudo estará bem.

— Eu sei o que está acontecendo, Miguel. Não pense que eu não os vi.

Elas foram em direção ao jardim do lado de fora do hospital. Miguel estava perdido. Não entendia a atitude de Rafaela. Será que ela havia descoberto algo? Ele sabia que Yuki era um homem, disso não tinha dúvidas. Além disso, Miguel não havia conseguido terminar a conversa com ela e isso o deixava angustiado. Tinha de tomar uma decisão, mesmo seu coração estando dividido.

Rafaela olhava perdida para as flores molhadas no jardim. D. Geraldina, de braços dados, tentava confortá-la. Estava uma noite gelada por causa da chuva e havia poças de água por toda parte.

— O amor são como as rosas. Lindas, cheias de beleza e perfume. Mas não são eternas. Elas morrem. Mas também existem outras flores, querida.

— O que a senhora quer dizer com isso?
— Muitas coisas.
— Pois eu não acredito nisso. Miguel não pode fazer isso.
— Eu não estou falando dele. Estou falando das flores — disse sorrindo.

Os olhos de Rafaela brilhavam. Abraçando-a, deixou-se chorar.
— Por que as coisas tem que ser assim? Eu estava tão feliz.

– Mas você ainda está feliz, minha filha. Não se entregue para a tristeza.

– Por que ele não me ama mais?

Miguel estava sentado em um dos bancos do hospital. Seu pensamento estava longe. O que será que Rafaela queria dizer com aquilo? Ela só podia estar enganada. Ele também! Amava-a, tinha certeza disso. Mas o desejo havia desaparecido. Não entendia o motivo. Sentiu a garganta coçar. Havia palavras a serem ditas, mas não possuía coragem para enfrentar a situação.

D. Sae e Rossine foram acompanhar Dr. Alberto em um dos quartos. Pelo que havia dito, Saitou teria que ficar em observação. Pelo menos, o quadro não era dos mais graves. Pediu para Miguel e Yuki ficarem para avisar Rafaela. Mesmo contrariado, Miguel ficou.

– O que você disse para ela? – perguntou Yuki.

– Isso não é da sua conta.

– Não seria se eu a Sayuri-ne não tivéssemos brigado. O que você contou?

– Foi uma briga de namorados. Coisa que você não entende.

– Eu já tive um namorado. Sei como é.

Miguel sentiu um nó no estômago.

– Me diga: como você consegue ser desse jeito? Isso é imoral.

– Pouco me importa o que você pensa. Não passa de um enrustido.

Enfureceu-se.

– Cala a boca, viadinho!

– Dá para falar mais baixo? Estamos em um hospital.

Miguel estava furioso. Sentia o rosto vermelho.

– Vá para casa. Você não tem nada que fazer aqui.

Yuki bufou. Como alguém podia ser tão cabeça dura?

– Não adianta esconder. No fundo, você sabe que gosta de homens. Sayuri-ne também sabe. Vai chegar o dia que não vai mais conseguir fugir dos seus sentimentos.

Dizendo isso, aproximou-se dos lábios de Miguel que congelou. Nada podia fazer. Não conseguia se controlar. Por um leve momento, deixou-se ser beijado por Yuki. O frio que sentia havia desaparecido e em seu peito sentiu um calor que preenchia sua alma.

– Isso não é estranho? – disse sorrindo.
– O que é estranho? – perguntou Miguel.

Nos olhos de Yuki, tinha um brilho indefinível.

– Você me amar também.

Miguel sentiu a espinha gelar. Estava envergonhado. Os olhos estavam arregalados, olhando para os lados, vendo se alguém os havia visto ou escutado. Yuki riu. Ele não podia mais negar. Estava imensamente feliz. Sentia-se completo. Pegando Miguel pela mão, foi descendo as escadas.

– Vamos tomar um café.

Miguel não sabia o porquê, mas deixou-se conduzir. A cantina ficava do lado de fora do hospital. Por todo o caminho, foram de mãos dadas. Yuki sorria. Aquilo era real. Sabia dentro de seu coração que devia ter voltado para o Brasil. O amor realmente existia! Via isso nos olhos de Miguel.

Ainda garoava pouco e fazia frio. Yuki encostou-se em uma das paredes do lado de fora do hospital e colocou Miguel à sua frente. Afagou-lhe os cabelos enquanto o olhava fixamente.

– Eu te amo.

Miguel sentiu-se estranho. Por um momento, o tempo parou. Seu coração batia descompassado e suas mãos suavam. "Como um homem pode dizer isso para outro?" – pensava.

– Por que eu?

Ele pegou a mão de Miguel e a colocou sobre o lado esquerdo de seu peito. Ele pôde sentir o coração acelerado de Yuki.

– Eu te amo.

Os olhos de Yuki brilhavam. Miguel sentia sinceridade em seu olhar. Olhou para o céu sem estrelas e viu que a chuva havia aumentado. Sentiu o peito queimar.

– Eu também te amo. Desde o dia em que te vi no aeroporto. Eu te amo! Eu quero estar para sempre ao seu lado! O amor foi quem nos escolheu!

Foi quando ele o beijou demoradamente. Miguel sentia-se estranho. Era uma mistura de culpa, medo e dor. Resolveu, porém, esquecer os bloqueios que alimentava em sua alma. Não queria deixar de beijar Yuki. Seu coração estava mais calmo. Olhou-o nos olhos. Viu que Yuki pouco chorava. Acariciou seus cabelos, passou a mão pelo seu rosto e o abraçou forte. Miguel nunca havia beijado alguém daquele jeito. Tinha tamanho sentimento que não lhe cabia no peito.

– Promete não me deixar sozinho nunca mais? – perguntou Yuki.

Um pouco longe dali, um coração chorava. Rafaela não podia acreditar que os seus sonhos estavam se desfazendo na sua frente e não havia nada mais que pudesse fazer.

❀

Saitou estava no quarto. Sua situação já era estável. Lembrava-se que estava na cozinha com Sae e Yuki tomando um chá quando sentiu uma fisgada no peito. Vendo a sua repentina falta de ar, foram socorrê-lo o mais breve possível.

Junto com ele, estava D. Sae que segurava sua mão levemente. Havia reciprocidade entre eles. Eram muitos anos juntos, dividindo sonhos, lutas e conquistas. Eles se conheceram ainda jovens e como era comum aos japoneses que chegavam ao Brasil, tiveram um casamento arranjado. Mas, apesar disso, ambos sabiam que o amor os havia escolhido e que uma força maior os havia aproximado.

– Graças a Deus, não passou de um susto – disse Dr. Alberto que entrava no quarto segurando uma prancheta. – Está na hora de cuidar mais de sua saúde.

Saitou sentiu-se envergonhado.

– Realmente preciso. Fazia alguns dias que estava me sentindo indisposto e com dores no peito.
– Eu o encaminharei para um nutricionista. Tudo que teve foi devido a uma má alimentação. Tomará remédios e essa noite ficará em observação.
– Eu ficarei com ele. Os meninos já estão crescidos e podem ficar sozinhos.
– Não será necessário. Posso me virar sozinho.
– Desculpe, Sr. Saitou. Mas será necessário alguém para preencher sua ficha e lhe fazer companhia.
– Nesse caso, quero que Sayuri fique comigo.
D. Sae se espantou.
– Mas por que isso agora? Eu que devo ficar com você.
– Preciso que você vigie Yuki. Sabe do que ele é capaz.
Dr. Alberto ficou intrigado com o que o sogro de seu filho havia dito e, disfarçadamente, começou a prestar atenção naquela conversa.
– Por favor, não volte nesse assunto. Já passou tanto tempo.
– Eu peço para que deixe Sayuri ficar. Você volta para casa com ele.
– Não quero me intrometer em uma discussão que me parece bem familiar, mas preocupações podem piorar o estado do paciente. Principalmente, num caso desses.
D. Sae sentia-se dividida. Amava e confiava no filho. O que havia acontecido no passado, ela queria poder esquecer. Mas, olhando para os olhos de Saitou, achou melhor concordar.
– Está bem. Acredito que seja besteira, mas pela sua saúde, faria qualquer coisa.
Ele sorriu.
– Obrigado.
Rafaela havia voltado para a recepção com D. Geraldina. Ela tinha os pensamentos agitados e, com certeza, não conseguiria dormir. Poderia ser estranho, mas por um momento, sentiu como se o amor de Miguel se despedisse dela. E isso lhe doía o peito. Na

noite anterior havia ouvido a discussão que Miguel havia tido com Yuki. Achou estranho, mas só o ouviu dizendo para que ele não mais fizesse aquilo. Alguns dias atrás, havia percebido os olhares que Yuki lançava mesmo que disfarçadamente para Miguel. Aquilo não podia ser verdade. Estaria seu próprio irmão interessado em seu noivo?

Ela sabia que seu irmão era gay. Desde pequeno, achava estranho os interesses que Yuki tinha. Na escola, por muitas vezes, ela tinha que defendê-lo dos valentões que teimavam em atormentá-lo, chamando-o de afeminado. Mas não podia negar: seu irmão gostava de garotos.

Rafaela ficou aliviada em saber que seu pai já estava fora de perigo e que sua mãe já estava mais calma. Abraçada a D. Geraldina a viu sorrindo, dizendo-lhe:

– Viu? Tudo ficará bem.

D. Sae lhe disse o pedido de seu pai. Ela estranhou, mas reparou no olhar de sua mãe e aceitou. Sabia que depois conversariam sobre aquele assunto.

Olhando para os lados, sentindo o peito congelar, perguntou:

– E onde está Miguel?

Abraçados, olhando para o céu, Miguel e Yuki trocavam carícias. Nada podia estragar aquele momento. As almas estavam unidas.

Miguel ainda tinha muitas dúvidas e conflitos, mas perto de Yuki eles pareciam pequenos. Seu coração podia respirar um novo perfume. Estava desatando os nós de seus próprios sentimentos.

Yuki sorria. Também tinha conflitos dentro de seu coração, mas algo o unia a Miguel com uma força incontrolável. Já havia estado com outros, mas ele parecia único. Tinha a sensação de que estava aprendendo a amar naquela noite.

– Dorme em casa hoje? – perguntou Yuki beijando o pescoço de seu amado.

Miguel sentiu-se eufórico.

– Acho melhor não. Mas amanhã cedo estarei lá.

Ele pôde ver a cara de contrariedade de Yuki e riu gostosamente.

– O que tem de tão engraçado?

Agarrando-o pela cintura e puxando para perto de si, Miguel o beijou.

– Você fica tão lindo quando está irritado.

– Não estou! – disse Yuki sentindo as bochechas corarem. – Mas por que não pode dormir em casa?

– Meu pai já me ligou duas vezes agora à noite. Deve estar preocupado.

Yuki virou os olhos.

– Quantos anos você tem?

Desvencilhou-se do abraço de Miguel. De repente, D. Sae apareceu com o rosto vermelho, seguida de D. Geraldina e Rossine.

– O que estão fazendo aqui?

– Viemos tomar um café – respondeu Yuki rapidamente. – E papai, como está?

– Melhor, mas ficará em observação. Sayuri dormirá hoje no hospital com ele. Ela ligou para você, Miguel. Mas seu celular estava desligado.

Ao ouvir o nome de sua noiva, Miguel sentiu o peito gelar. Havia se esquecido dela enquanto esteve com Yuki. Não era justo. O que ele estava fazendo?

Sentiu-se confuso. O peito estava doendo e o que mais queria naquele momento é que nada disso estivesse acontecendo. Sentiu a garganta queimar.

D. Geraldina pegou sua mão e ele se assustou. Sorrindo, lhe disse:

– Rafaela está bem. Aliás, todos estamos. Vamos para a casa?

Yuki sentiu que poderia perder Miguel. Ele ainda não havia se decidido.

– Eu quero ir com vocês – pediu.

– Está louco, Yuki? – repreendeu D. Sae. – Não se ofereça para ir na casa dos outros.

– Eu queria ter ido embora hoje – desabafou Rossine.
Miguel lembrou-se da discussão que tiveram com Heloísa. Não seria nada agradável voltar para aquela casa. Como seus avós se sentiriam encarando aquela mulher?
– Peço desculpas, vovô. Está noite, ficaremos em um hotel.
– Aconteceu alguma coisa? – perguntou D. Sae.
– Apenas uma briga em família – disse D. Geraldina.
– Ela não faz parte da família, vovó.
Ela fez um gesto de contrariedade.
– Não seja maldoso, menino.
– Sua família muito tem me ajudado – disse D. Sae. – Nossa casa é humilde, mas temos quartos sobrando já que Sayuri dormirá hoje no hospital. Ficarão em nossa casa.
Os olhos de Yuki brilharam. Com muito esforço, conseguiu disfarçar sua alegria.
– Não é preciso, querida – começou D. Geraldina. – Estaremos bem.
– De jeito nenhum. Seria uma ofensa para mim se não aceitarem. É o mínimo que posso fazer.
Convencida, D. Geraldina, disse:
– Só aceito se me der um abraço.
D. Sae sentiu-se estranha. Nunca alguém havia lhe pedido isso antes. Pela sua tradição, não era comum os japoneses terem esse gesto de afeto com outras pessoas. Mas, mesmo tímida, soube abraçar.
– Esse é o começo de nossa amizade – disse D. Geraldina.
– Então, vamos?
Miguel ia em direção ao seu carro com seus avós, enquanto Yuki e D. Sae iam para o outro.
Disfarçadamente Yuki o puxou deixando todos irem na frente.
– Hoje à noite você será meu.
Dizendo isso, beijou-o levemente nos lábios, enquanto Miguel olhava para todos os lados para ver se alguém os via. Ele riu.
– Não adianta se esconder de si mesmo.

– Eles podem nos ver! – sussurrou.
Yuki riu.
– Você é lindo.
O momento parecia mágico. Miguel ainda tinha muitas perguntas e dúvidas em sua cabeça. Não sabia ao certo o que estava fazendo, mas se sentia bem. Estar com Yuki era algo mágico. Não conseguia explicar seus sentimentos. Mas também não queria. Ele só queria sentir.

❁

Rafaela olhava pela janela do quarto que seu pai estava. O céu estava escuro e em volta da lua, algumas nuvens estavam mais claras que as outras. A chuva havia aumentado e as gotas que caíam molhavam as ruas e pequenas praças. O trânsito estava com toda certeza caótico. Alguns relâmpagos iluminavam as calçadas e formavam sombras por entre as árvores.
Havia ligado para Miguel, mas ele não havia retornado. Parecia completamente desinteressado aos seus sentimentos. Eles não haviam terminado aquela conversa que tanto lhe doeu no peito. Será que ele queria terminar com ela? Não seria possível. Ninguém deixa de amar alguém de um dia para o outro.
– Sayuri...?
Rafaela logo voltou para a realidade e fez um enorme esforço para fingir que não estava preocupada com seus próprios problemas.
– Oi, papai. Está se sentindo bem?
– Estou melhor.
– Nos deu um grande susto. Está na hora de se cuidar mais, não acha?
– Eu faço tudo por você, meu pequeno lírio.
Rafaela sentou na beira da cama e Saitou lhe estendeu a mão. Ela segurou pela ponta dos dedos e o olhou nos olhos.
– Eu te amo, papai.
– Eu também te amo, minha filha.

Durante um tempo ficaram olhando um para o outro. Ambos tinham suas preocupações e pensamentos. E, mais uma vez, Rafaela olhou pela janela procurando algo que pudesse salvá-la naquele momento.

"Miguel é meu. Ninguém vai roubá-lo de mim."

※

Chegaram à casa de D. Sae. Caía forte chuva do lado de fora e se apressaram a entrar.

Já passavam das dez horas da noite. Estavam exaustos e com fome. E enquanto D. Geraldina e Rossine se instalavam no quarto de Rafaela, D. Sae, Yuki e Miguel preparavam um café e chá para servirem com bolachas.

O assunto não se prolongou por muito tempo. Devido ao horário e ao barulho da chuva, todos estavam cansados e com muita vontade de se aconchegarem para dormir.

Miguel insistiu com D. Sae para que dormisse no sofá da sala, mas ela não permitiu dizendo que ele era muito pequeno e que não serviria para descansar.

Yuki já estava em seu quarto. Deitado sobre sua cama, viu sua mãe entrar e estender um colchão, arrumar um travesseiro macio e um cobertor japonês. Ele sabia que Miguel dormiria aquela noite em seu quarto e estava ansioso.

As luzes estavam apagadas. O quarto ainda pouco empoeirado era iluminado pela pequena fresta da cortina quando alguns relâmpagos caíam próximos da janela.

Miguel se deitou. Tentava afastar pensamentos de sua cabeça mas não conseguia dormir. Mexia de um lado para o outro.

Além de tudo, estava nervoso. Eles estavam no mesmo quarto. O que poderia acontecer? Só de imaginar sentia o coração acelerar.

Yuki o abraçou por trás. Miguel sentiu a espinha gelar. Estava nervoso e suas mãos tremiam. Não podia aceitar, mas estava rígido por sentir aquele garoto.

– O que foi? Por que está tremendo?
Ele passou a mão sobre a bermuda que Miguel usava e percebeu que ele estava excitado. Enfiou a mão por dentro da cueca e o tocou.
– Já devia saber.
– Por que tem que ser eu? – perguntou Miguel ofegante.
Yuki apertou e encostou seu corpo com as costas dele se encaixando.
– Porque tem que ser você. Você é meu.
Miguel sentiu o corpo arrepiar de desejo. Yuki beijou seu pescoço e lambeu sua orelha. Tomou-o nos braços e o despiu. Sentia-o duro também. Yuki suspirava de prazer, mas Miguel estava com medo. Aliás, nunca tinha feito com outro homem.
Sentiu Yuki tocá-lo com a boca. Ele gemia e sentia um prazer incontrolável. Aquele garoto, aquela boca, aquele toque. De repente, ele virou Miguel e o colocou de frente. Ele tinha os olhos arregalados e estava assustado.
– Agora é sua vez – disse. – Me chupa.
Ele relutou. Não sabia se devia fazer aquilo. Mas Yuki o forçou e ele acabou cedendo. Ele ia lhe indicando o que deveria ser feito. Miguel sentia muito tesão. Não imaginava que aquilo de chupar outro cara lhe deixasse tão excitado. Mas o deixava. Yuki gemia de prazer e forçava sua cabeça contra o seu corpo.
Ele estava quase no clímax. Yuki deitou sobre o colchão enquanto Miguel abria suas pernas. Foi quando ele penetrou. E viu Yuki gemer.
Miguel se esforçava. Ele com certeza já tivera muitos amantes, mas Miguel tinha que ser o melhor. Yuki lhe passava as mãos pelo corpo, ora apertando, ora arranhando. Puxou Miguel e o beijou enquanto o suor descia pelo corpo. Ele segurava na cintura dele e o sentia laçar as pernas sobre seu corpo. Não conseguia mais se controlar, estava quase, mas Yuki foi quem gozou primeiro. Ele se sentiu realizado. Mas Miguel queria mais. E num movimento rápido, foi penetrando cada vez mais até gemer alto

e gozar. Ele ainda estava ofegante quando Yuki o beijou e sentou sobre seu colo.

Depois de certo tempo, perguntou:

– Eu fui bom?

– O melhor de todos – respondeu, acariciando os cabelos de Miguel.

– Foi uma experiência única.

– Você é único.

– Nunca tinha sentido tanto prazer assim com mulheres.

Yuki riu.

– Vamos tomar um banho juntos?

E foram para o banheiro. Fizeram o menor barulho que podiam para que ninguém acordasse.

Durante o banho, fizeram mais uma vez. Mas Yuki fez Miguel gozar só tocando-o com a boca e Miguel fez o mesmo. Se sentia estranho, mas se sentia realizado.

Voltaram para o quarto e deitaram sobre o colchão. Miguel abraçou Yuki por trás e o beijou no pescoço. Que perfume, meu Deus! Aquele garoto ainda tinha um perfume natural que exalava de sua pele.

– Não sei o que está acontecendo, mas sei que estou gostando.

Yuki virou de frente e o olhou nos olhos.

– Sabe o que tem que fazer então.

– O quê?

– Não pode ficar se enganando. Muito menos Sayuri-ne.

Miguel sentiu o coração gelar. E Rafaela? Como pôde fazer isso com ela? Aquilo não era certo, não era justo. Enquanto ela cuidava do pai que estava no hospital, ele estava tendo um caso amoroso com seu irmão mais novo.

– Não quero falar sobre isso.

– Mas terá que falar. Vai ter que se decidir. As coisas não podem ficar do jeito que estão.

– O que você quer que eu faça? Que termine com ela e fique com você?

– Não sei.

Dizendo isso, Yuki se aproximou e o tocou nos lábios. Miguel não suportou e o abraçou forte chorando.

– Desculpe. Mas tudo é tão difícil para mim.

– Para mim também. Mas quero que saiba que podemos vencer essa situação juntos.

– Rafaela vai me odiar para sempre. Me sinto culpado.

– Você não se sente culpado por estar comigo. Se sente culpado por descobrir que não a ama mais.

Miguel silenciou. Aquilo podia ser verdade? Não amava mais a sua própria noiva, a mulher que havia escolhido para estar o resto da vida ao seu lado?

– A vida tem dessas coisas. Não escolhemos quem amamos. O amor simplesmente acontece.

Yuki secou as lágrimas que caíam dos olhos de Miguel e o beijou na testa.

– Eu te amo. E eu estarei ao seu lado. Enfrentarei o que for para continuar com você.

Miguel estava confuso. No fundo, sabia que seus sentimentos agora eram outros. Não podiam negar, perto de Yuki se sentia fraco. Aquele garoto o deixava sem forças e ele não conseguia resistir aos seus beijos, seu carinho, sua pele.

Resolveram dormir. Logo iria amanhecer e teriam uma grande decisão para tomarem. Yuki estava decidido.

"Miguel é meu. E ninguém vai roubá-lo de mim."

❈

Os primeiros raios de sol entravam pela janela do quarto. O tempo estava se abrindo e a chuva da noite anterior havia deixado apenas algumas gotas sobre o asfalto e as árvores.

Miguel levantou-se. Olhou para Yuki que ainda estava deitado e dormia tranquilamente e sorriu. Como ele era lindo! Não existia para os olhos de Miguel alguém mais lindo que aquele garoto. Ele não queria saber de mais nada, só queria acordar todos os dias da sua vida olhando aquele que roubou não só seu coração, mas também sua alma.

Yuki remexeu-se e acabou por abrir os olhos. O quarto estava claro e ele colocou o cobertor sobre o rosto. Miguel riu.

– Vamos! Está na hora de acordar.
– Não quero! Ainda está cedo.
– Quer que eu te traga o café da manhã na cama?

Yuki descobriu o rosto, assustado.

– Você faria isso?
– E por que não?

Ele sorriu.

– Nossa, ter você foi a melhor coisa que me aconteceu. Deite um pouco aqui comigo.

Miguel obedeceu. Yuki o olhou fundo nos olhos e corou. Como podia amar tanto aquele homem? Ninguém nunca havia mexido tanto com seus sentimentos como ele. Os seus olhos esverdeados, cabelos castanhos quase louros, sua pele branca queimada de sol e aquele sorriso. Miguel sorriu e o beijou na testa.

– O que foi? Por que está tão calado?
– O que você quer comigo?
– Não entendo sua pergunta.
– Como se sente namorando com outro homem?

Miguel remexeu-se.

– Não havia pensado por esse lado. Só penso que estou com você.
– Mas eu sou um homem. Não pode me diminuir a uma coisa.
– Não é isso. Você entendeu errado. Acho que ainda não amadureci essa ideia.
– E por que não?
– Porque antes de você nunca havia pensado em estar com outro cara. Mas você é diferente.
– Diferente como?

– Quero que saiba de uma coisa: você foi a melhor coisa que me aconteceu. É diferente porque é como se eu já te amasse antes de te conhecer. Não te vejo como um outro cara. Te vejo como uma parte de mim que havia se perdido nas histórias e que agora eu estou completo de novo.

Os olhos de Yuki brilharam. Então era verdade mesmo! Ele também se sentia assim em relação a Miguel e foi a sua vez de o beijar e dizer:

– Quero que você também saiba que eu te amo com todo o meu coração. Já passei por tantos problemas no amor, mas você veio me salvar. Você é o que me uni com a eternidade. E se não der certo com você, pode ter certeza que não vou querer estar com mais ninguém porque parte de mim estaria perdida nas histórias.

Entrelaçaram as mãos. Era verdade. Eles haviam se encontrado.

– Dizem que quando as rosas desabrocham, é porque um novo amor nasce no coração de alguém.

Yuki jogou-se sobre Miguel beijando-o.

– Eu ainda prefiro as cerejeiras.

– Mas as rosas são mais bonitas.

– As que estão no quintal da sua casa são lindas e muito perfumadas.

– Foi minha mãe que plantou enquanto viva. E hoje, eu as cultivo. É como se a sentisse viva.

– Minha sogra era caprichosa demais.

Ambos riram. Yuki então silenciou e sentou-se sobre o colo de Miguel que se sentiu rígido.

– Você sabe o que deve fazer, não sabe?

– Não. O que quer dizer com isso?

– Você tem que terminar com Sayuri-ne.

Miguel sentiu o peito gelar. Havia se esquecido completamente de Rafaela. Estava tão envolvido em seus sentimentos e Yuki que ao menos lembrou-se que sua noiva morava naquela mesma casa e a qualquer momento poderia chegar.

Por que as coisas tinham que ser tão difíceis? Por Miguel, fugiria junto com Yuki para outro lugar, onde pudessem estar juntos sem que ninguém os perturbassem. Mas como seria? Teria coragem de admitir seus verdadeiros sentimentos? Terminar com Rafaela já seria difícil, mas dizer que amava o seu irmão mais novo seria doloroso. E Yuki? Será que não temia pelo futuro?

– Não sei como fazer isso.
– Eu sei que será difícil. Para mim também está sendo. Mas não posso mentir para o meu coração.
– Você está certo. Mas não será algo fácil de dizer.
– Mas é algo que tem que ser dito. Até quando viveremos enganando-a?
– Está certo. Eu também não aguento mais essa situação. Não posso mentir para ela e muito menos para mim.

Yuki o abraçou.
– Não se preocupe. Eu vou estar do seu lado.
– É a única coisa que eu peço: que você esteja comigo.
– Sempre e para sempre.

Resolveram levantar. Ambos foram em direção à cozinha sentindo o cheiro de pão de queijo que D. Geraldina estava assando. Rossine ainda estava deitado. Vendo-os entrar, ela sorriu.

– Bom dia, meus filhos.

Eles se sentaram e ela os serviu de café e bolo. Ambos comeram com prazer e esperavam o pão de queijo.

D. Geraldina sentou-se em uma das cadeiras de frente para os dois.

– E então?

Miguel engasgou.
– O que foi, vovó?
– Vocês dois não tem nada para me contar?
– Não! – apressou-se. – O que teríamos para contar?

D. Geraldina sorriu.
– Miguel, você não sabe mentir para a sua avó. E muito menos você, meu pequeno.

Yuki assustou-se.
– Não quero mentir para a senhora.

– Quando as rosas desabrocham, é porque um novo amor nasce no coração de alguém. E hoje até a cerejeira do quintal está em flor.

Ambos nada disseram.

– Não precisam se envergonhar. Vocês se amam. Está mais do que óbvio.

Miguel sentiu o rosto vermelho. A última pessoa que ele gostaria que soubesse sobre seus sentimentos era a sua avó.

– Eu os vi no hospital.

Yuki sentiu o coração gelar.

– E Sayuri-ne também?

– Não, ela estava olhando para o jardim.

Miguel tapou o rosto com as mãos. Estava envergonhado.

– Não fique assim. Eu já desconfiava desde o seu noivado com Rafaela. O amor os escolheu.

Yuki chorava.

– Vocês só precisam ser fortes.

– Onde está minha mãe?

– Foi buscar seu pai e Rafaela no hospital. Ligaram cedo e elas devem estar chegando.

– Me desculpe, vovó. Não queria que fosse assim.

D. Geraldina o levantou e o abraçou como sempre fazia.

– Sabia que você é meu menino de ouro? Tem um coração lindo e eu te amo cada dia mais, meu filho.

– Você não acha isso errado?

– Não acho. E você também não deve achar. Não há nada de errado em amar alguém – e olhando para Yuki: – E você também. Não se sinta culpado por amar o noivo da sua irmã. O amor não escolhe quem ou onde. Vocês não se escolheram, e como eu disse: o amor que escolheu vocês.

Yuki se aproximou e segurou a mão de Miguel.

– Estamos juntos?

O motor do carro de D. Sae havia acabado de desligar em frente a casa. Yuki estava assustado, mas tinha a certeza de que amava Miguel em seu coração e isso o fortalecia.

– Chegou a hora de encarar a verdade – disse D. Geraldina.

– Não vai adiantar mentirem para vocês mesmos.

D. Sae abriu a porta da sala e Saitou a acompanhava. Miguel e Yuki foram recebê-los.

– Espero que tenha se comportado – disse Saitou, desvencilhando-se das mãos de Yuki que tentava ajudá-lo a entrar. Ele engoliu em seco. Resolveu respeitar seu pai, pois ele ainda tinha o semblante cansado.

– Onde está Rafaela? – perguntou Miguel.

– Eu estou aqui, meu amor – disse, entrando com um pacote de mercado nas mãos.

Miguel estava decidido. Deveria ter logo aquela conversa. Não suportava mais viver com aquela agonia no peito.

– Precisamos conversar. Tenho algo para dizer.

– Eu também tenho algo para dizer.

Yuki estava com a cabeça baixa. Não conseguia encarar sua irmã. Aquilo também era difícil para ele.

– Vamos subir e conversar no seu quarto.

– Não. Eu digo primeiro. E quero que todos que estejam aqui escutem.

Saitou havia se sentado no sofá com a ajuda de D. Sae, Rossine descia os últimos degraus e D. Geraldina vinha da cozinha enxugando as mãos no avental azul.

Rafaela sorria. Algo a havia deixado mais bonita naquela manhã.

– Então fale. Eu e Yuki queremos conversar com você depois.

– Estou grávida! Miguel, você será pai!

Lágrimas de felicidade corriam do rosto de Rafaela e D. Sae. Rossine balançava a cabeça em sinal de aprovação. D. Geraldina tinha o coração apertado.

Yuki tinha os olhos arregalados e a boca entre aberta. Aquilo não podia ser verdade! Não podia ser verdade! Deveria ser uma brincadeira.

– Não pode ser! Por quê? Por que agora? – gritou Yuki com os olhos chorosos.

Rafaela tinha as mãos sobre a barriga, fazendo o formato de um coração. Chorava de felicidade.

– Venha ver, Miguel. Aqui está o nosso primeiro filho.

Afastou-se de Yuki e colocou a mão sobre a barriga de Rafaela e seus olhos brilhavam. Estava sorrindo. Jamais havia imaginado. Ele? Pai? Emocionado, agachou-se e beijou a barriga de sua noiva. Rafaela o abraçou e disse:

– E eu não ganho um beijo?

Yuki olhou para Miguel. Não, ele não podia! Mas ele não lhe devolvia o olhar. Foi quando Miguel a beijou demoradamente.

– Mãe do meu filho.

– Eu já estava com saudade do seu beijo.

Yuki sentiu o coração disparar e o seu corpo gelar. O que Miguel estava fazendo? E a conversa que ele teria com Sayuri-ne? Por que a beijou?

– Algum problema, Yuki? – perguntou Rafaela.

Ele procurava os olhos de Miguel para que lhe desse uma explicação para tudo aquilo. Mas ele não o olhava de volta. Ele estava olhando para sua nova família e ele não representava nada naquele momento. Ela sabia! Com toda a certeza, Rafaela sabia que ele amava Miguel! Mas no fundo, Yuki sabia que agora não podia mais competir com ela e um filho. Sentiu-se mal, sentiu-o distante do seu amor.

– Isso merece ser comemorado – disse D. Sae. – Vou ligar para o Dr. Alberto e avisar toda a família. Vamos fazer um jantar aqui em casa!

– Não está contente com isso, Dona Geraldina? – perguntou Rafaela.

Ela lhe sorriu e, aproximando-se, a abraçou.

– Se você está feliz, eu também devo estar, minha filha.
– Vamos tomar café? Estou com fome.
– Seu irmão e Miguel já tomaram antes.
– Então Yuki vai arrumar o quarto enquanto os noivos ficam aqui juntos. Esse momento deve ser vivido pelos dois. Juntos e ninguém mais.

Ele olhava para Rafaela com os olhos espremidos. Não sabia dizer o que estava acontecendo.

– Não ouviu o que a mamãe disse?

E sem nada dizer, Yuki correu as escadas e bateu a porta de seu quarto com força. Ele não tinha culpa! Não era culpado por amar o noivo de sua irmã mais velha! Lembrou-se por que havia ido embora daquela casa. Ninguém realmente se importava com o que ele sentia. Ele não tinha culpa! Mas, no fundo, sabia que Rafaela também não. Ele não deveria ter se envolvido entre aqueles dois. Nesse momento, desejou nunca ter voltado do Japão.

"Miguel, seu desgraçado!" – pensava enquanto chorava copiosamente. – Por que você fez isso comigo? Por que mentiu para mim?

O coração de Yuki estava partido e infelizmente para isso ainda não existem remédios.

❊

Passou-se uma semana. Yuki estava em seu quarto enrolado em um cobertor e bebendo uma xícara de chocolate quente. Seu olhar estava perdido em um ponto fixo na parede do quarto. Leve garoa caía do lado de fora da casa e um vento forte balançava as árvores.

Seu coração estava apertado. Lembrava das palavras ditas a Miguel. Aquilo não podia ser verdade! O seu beijo, o seu toque, o encontro de olhares. Depois que Rafaela havia voltado do hospital agora com um filho de Miguel, ele não mais o olhava. Fingia que era um ser invisível na casa e não lhe falava uma palavra sequer.

"Será que era tudo mentira?" – pensava.
No fundo, ouvia uma música em japonês que falava sobre a neve que caía no rosto e se transformava em lágrimas. Sentiu saudades dos amigos do Japão, sempre divertidos, dispostos a festas e pequenos bares, apesar da rotina corrida dos brasileiros que se aventuravam na terra do sol nascente. Em sua casa, todos o tratavam como um intruso. Não sabia ao certo por que havia voltado. Só se lembrava de sentir falta de um lugar onde havia pessoas esperando por ele. Quando chegou e encontrou Miguel no aeroporto, pensou que ele poderia fazer parte do destino.
"O que ele queria? Se era ferir meu coração, ele conseguiu."
Desceu as escadas indo em direção à cozinha com os pés cobertos por grossas meias. O telefone começou a tocar e ele foi correndo para atendê-lo.
– Alô? Ah, Miguel?
Seu coração acelerou e seus olhos se encheram de lágrimas. Ainda assim arriscou:
– Tudo bem?
Mesmo assim, não ouviu respostas.
– O que você está fazendo? – gritou Rafaela que vinha da cozinha à passos apressados, parecendo estar muito nervosa. Tomou o telefone de suas mãos e lhe disse:
– Miguel é meu noivo, Yuki!
Seu coração ainda estava descompassado. Ouvir a voz de Miguel, o mínimo que fosse, foi o suficiente para deixá-lo abalado o suficiente para não conseguir dizer mais nada.
– Oi, meu amor.
E Yuki foi em direção à cozinha quando Rafaela lhe fez sinal para que se retirasse.
– Quem foi que atendeu? Foi Yuki?
Ela bufou.
– Por que não ligou em meu celular?
– Eu liguei. Várias vezes. Mas só deu caixa postal.
– Deve ter desligado sozinho. Mas o que quer?

— Estava pensando se podíamos sair para jantar.
— Eu adoraria.
— Então, passo aí depois do trabalho.
Rafaela desligou o telefone. Sentia-se bem. Estar com Miguel lhe fazia toda a diferença. Sentia que juntos poderiam caminhar e seguir a esperança que os livros tanto diziam. E agora um filho? Sim, isso só podia ser o destino.
"Tinha que ser assim. É o destino" – pensava.
Logo chegou a noite. Miguel terminou de se arrumar e já estava em frente à casa de Rafaela. Não queria entrar. Fazia uma semana que ignorava a presença de Yuki. Ele, por sua vez, tentava chamar sua atenção, comentava algo, às vezes tentava segurar sua mão, mas Miguel se esquivava. Sabia que Rafaela lhe era mais cara e que agora teriam um filho. O casamento já estava marcado e nada poderia fazer para mudar os fatos. E outra, ele e Yuki eram dois homens! Aquilo era anormal.
— Tomou os remédios? – perguntou D. Sae.
— Sim – respondeu Rafaela.
— Está levando agasalho?
— Estou, mamãe.
— Agora que está grávida precisa tomar cuidado com as mudanças de tempo e alimentação.
— Não se preocupe com isso. Estou me sentindo bem – disse com um simpático sorriso no rosto. – Logo estarei de volta, está bem?
Mesmo sentindo-se contrariada, D. Sae acabou concordando.
— Bom, já vou indo. Miguel está lá fora me esperando.
Rafaela saiu seguida por sua mãe. Ela lhe acenou, dizendo:
— Juízo e tomem cuidado.
— Pode deixar – respondeu.
— Mamãe está sempre tão preocupada.
— Ela está certa. Vamos?
Miguel abriu a porta para Rafaela entrar. Ela se sentia uma verdadeira princesa ao lado dele. E como estava bonito!

Virando a esquina, Miguel se deparou com Yuki que caminhava pela calçada com uma blusa de frio marrom e abraçado com um rapaz que era pouca coisa mais alto que ele e tinha os olhos claros, cabelos claros a lhe caírem sobre a testa e vestia uma roupa um tanto chamativa. Pareciam extremamente felizes. Yuki sorria docemente ao lado daquele rapaz. Eles trocavam pequenas carícias. Miguel, ao ver aquela cena, sentiu um súbito mal-estar. O coração parecia afundar no peito e suas mãos tremiam.
– O que foi? – perguntou Rafaela.
– É seu irmão!
Ela desceu do carro e os viu se aproximar. Yuki tinha um simpático sorriso no rosto que mostrava sua covinhas, as que Miguel tanto gostava.
– Oi! – disse ele.
– Tudo bem? – perguntou Rafaela.
– Sim. Estão indo jantar fora?
– Cansamos de ficar em casa. Vamos passear um pouco.
– Bom divertimento.
– E não vai apresentar o seu amigo?
– Ah, sim! Léo, essa aqui é minha irmã mais velha, Sayuri-ne.
– Muito prazer – disse o rapaz, estendendo-lhe a mão.
– O prazer é meu.
– E aquele ali – disse Yuki, aproximando-se de Miguel que sentiu o corpo gelar – é o noivo dela. Se chama Miguel.
– Muito prazer. Yuki já disse muito sobre você.
Os dois pouco riram. Miguel estava atônito. Não sabia o que pensar. Quem era aquele garoto? Por que estava abraçado com Yuki? Quem ele pensava que era?
– Bom, não queremos atrapalhar vocês – disse. – Nós também vamos dar uma volta.
– Tome cuidado. Aqui não é o Japão.
– Não se preocupe. Léo vai cuidar de mim.
Dizendo isso, Yuki o beijou nos lábios. Rafaela sorriu.
– Juízo vocês dois, hein?

E eles se foram. Miguel observava aqueles dois se afastando e viu que haviam laçado as mãos. Sentiu raiva. Não podia admitir aquilo!

– Vamos? – disse Rafaela.

Entraram no carro em silêncio. Ela mexia no rádio, procurando uma boa música. Ela estava contente.

– O que houve? – perguntou, percebendo o silêncio de Miguel.

– O seu irmão é um sem-vergonha!

– Por que diz isso? Por acaso não sabia que ele era gay?

– Você viu ele o beijando na minha frente?

– E o que tem de mais nisso?

– Isso é falta de mulher! – mentiu Miguel, tentando disfarçar seus verdadeiros sentimentos.

– Yuki faz o que quiser da vida dele. Aliás, fico até contente em saber que ele está namorando aquele garoto.

Miguel sentiu o coração acelerar e o estômago embrulhar.

– Não diga isso nem brincando!

– Assim, ele nos deixa em paz e vai viver a vida dele.

Miguel assustou-se.

– O que você quer dizer com isso?

– Esqueça. Ele está feliz e pronto. Esse é o destino. Agora, vamos mudar de assunto.

Miguel sentiu raiva. Aquilo ele não podia admitir. Como ele podia ser tão pervertido? Não levou em consideração os sentimentos que eles tinham, o amor que ele dizia sentir. Percebeu o quanto foi inocente em acreditar nas palavras de Yuki. E agora tinha a certeza que deveria estar ao lado de Rafaela e seu filho pelo resto da vida. Esse era o destino.

Miguel e Rafaela chegaram ao restaurante e fizeram o pedido. O lugar era muito bonito e agradável. Jantaram rápido e em silêncio, pois Rafaela começou a sentir enjoos e parecia cansada.

– Nossa, que sono.

Miguel, apesar de contrariado, entendeu a situação.

– Sem problemas.

Fazia tempos que não ficavam mais juntos e namoravam como antigamente. Depois do noivado, da chegada de Yuki e da descoberta da gravidez de Rafaela, pareciam mais amigos do que noivos prestes a se casarem e isso o deixava inquieto. Ele até tentou se aproximar, mas ela o afastou.

– Desculpe. Sabe que não estou me sentindo bem e imagino o quanto deve estar chateado comigo. Mas logo estaremos bem.

– Você pensa isso?

Rafaela sentiu o corpo gelar. Miguel ainda dirigia e prestava a atenção na estrada.

– O que você quer dizer com isso?

– O que você já me disse: não podemos fechar os olhos para o que está acontecendo.

– Mas isso já passou. Agora temos um futuro bonito pela frente e um filho que está chegando.

– Estamos nos afastando cada dia mais. Ao menos, sinto que é minha namorada.

– Por que você diz isso?

– Não temos mais intimidade. Depois de tantas coisas que aconteceram e agora a sua gravidez não temos mais tranquilidade. Quando foi a última vez que dormimos juntos?

–Então, é só isso que eu sou para você?

– Você entendeu errado. Sabe que eu gosto de você. Mas meu corpo também tem necessidades.

– Você é um nojento, Miguel! Por acaso esqueceu que estou grávida de você?

Ele nada respondeu. Não queria brigar com Rafaela.

Logo chegaram em frente à casa de Rafaela que desceu em passos apressados sem ao menos se despedir. Miguel a segurou pelo braço.

– Precisamos conversar.

– Me solte! Você está me machucando!
– Solte o braço dela.
Ambos se viraram e viram Yuki, que se aproximava junto com o garoto.
Rafaela puxou o braço e se desvencilhou de Miguel.
– Quem você pensa que é para falar comigo desse jeito?
– Pare com isso, Miguel.
– Nenhum veadinho vai me dizer o que fazer!
– Miguel, vai embora!
Yuki continuava quieto. Olhava-o com desprezo. Miguel não sabia o que fazer. Quem ele pensava que era para lhe dar ordens?
– Pode ir, Yuki. Nos deixe a sós, por favor – pediu Rafaela.
Ele se afastou junto com o garoto. Rafaela olhava surpresa para Miguel.
– O que está acontecendo?
– Me desculpe. Vou falar com ele depois.
– Não é só isso! Você não fala sobre o nosso futuro e ainda me culpa por não poder dormir com você!
Ele não sabia o que falar. Seu coração estava acelerado e sentia-se mal. Ainda se sentia confuso.
– Me diga: o que está acontecendo?
– Não posso dizer!
– Diga!
– Não posso! Me dói muito!
Miguel a abraçou forte. Rafaela deixou-se chorar por um momento. Não sabia o que estava acontecendo, mas em seu coração ainda o sentia distante. Olhava o céu quase sem estrelas. Ninguém sabia explicar aquela situação.
– Vamos esquecer tudo isso – disse Miguel.
– Não! Não podemos!
Rafaela sentia que Miguel estava escondendo alguma coisa e se recusava a dizer. Dentro de seu coração, ela sentia o que estava por vir. Sabia também que Yuki estava apaixonado pelo seu noivo

e não entendia a atitude de Miguel em relação ao possível namorado dele.

— Por favor — implorou. — Por que você não me diz a verdade? Por que quer continuar me enganando?

Miguel chorou. Não conseguia dizer uma palavra sequer. Olhava nos olhos de Rafaela e lhe pedia compreensão. Ele não podia!

— Me desculpe. Não há nada que eu possa dizer.

— Tudo bem, Miguel. Não se preocupe.

Dizendo isso, Rafaela tirou a aliança e o entregou.

— Se não podemos ser sinceros um com o outro, é inútil levar isso a diante. A partir de agora, não somos mais noivos.

Ele sentiu o corpo gelar. Ela não podia estar fazendo aquilo. Não podia!

— O quê? Por quê?

— Não quero estar com alguém que não admite o que sente. Eu sei. Eu vi nos seus olhos.

— Rafa, você não pode fazer isso comigo. Tínhamos tantos planos e agora um filho que...

— Entenda! Não existe futuro para nós dois! Yuki acabou com ele!

Rafaela chorava e tinha os lábios trêmulos. Correu para dentro da sua casa e bateu a porta.

— Rafa! Abra a porta! Rafa!

Ela estava encostada na porta, sentada no chão e muito soluçava. Seu peito doía. D. Sae apareceu e assustou-se.

— Saitou! Saitou! Venha ajudar! Sayuri caiu!

Logo, eles a acomodaram no sofá.

— O que houve, minha filha? Está se sentindo mal?

— Diga, filha! O que está sentindo? Por que está chorando?

— Eu choro porque eu sou uma mulher e não é isso que ele quer! Ele não me ama! Ele não me ama porque eu sou uma mulher!

Do lado de fora, Miguel também chorava, olhando para o céu. O seu mundo havia desabado.

"Era para ser assim? Esse é o destino?" – perguntou para a noite.

❀

Ainda era cedo quando Miguel chegou em sua casa. Ainda não conseguia acreditar no que estava acontecendo. Rafaela havia rompido com ele. Aquilo não podia ser verdade. Ela era o grande amor de sua vida e agora teriam um filho juntos. Como ela mesma havia dito: Yuki acabou com seu futuro. Olhou para o céu e o viu com poucas estrelas. Apesar de se sentir triste e culpado pelo término, também sentia-se livre. Não sabia como explicar aquela situação e o que ia em seu coração. Estava confuso demais.

Abriu a porta da sala e percebeu que todas as luzes estavam apagadas. No mínimo, seu pai ainda estava de plantão no hospital e Heloísa deveria estar em algum jantar ou evento.

De repente a luz acendeu. Ele se virou e viu Heloísa com um vestido vermelho, os cabelos escovados, segurando um envelope em suas mãos e com um sorriso triunfante no rosto, aproximando-se.

– Olá, Miguel. Como vai?

Ele simplesmente a olhou e nada respondeu.

– O que houve? Não vai me dizer nada?

– O que você quer que eu diga!?

– Quero que mantenha a educação. Coisa que a sua mãe não deve ter te ensinado, pois você é um rapaz muito mimado.

Miguel enfureceu-se.

– Já lhe disse uma vez e volto a repetir: quero que você saia dessa casa.

– E por quê? Por que expulsei os seus avós daqui? Sim, eu fiz isso, e não adianta me olhar com essa cara de assustado.

– Você sai dessa casa hoje! Por bem ou por mal!

– Nossa, resolveu voltar a ser homem?

– O que você quer dizer com isso!?

Heloísa lhe estendeu o envelope pardo e ele o abriu rapidamente. Não podia acreditar no que estava vendo. Sentiu o peito afundar e perder o chão.

– Sim, eu também estava no hospital.

O que havia dentro do envelope eram fotos. E ele logo que viu reconheceu ele e Yuki encostados na parede do hospital trocando carícias e beijos. Então, ela sabia! Ele havia sido descoberto! Sentiu vergonha.

– E o que me conta do seu namorado, Miguel?

Ele rapidamente começou a rasgar as fotos. Heloísa ria alto.

– Não adianta! Eu tenho várias delas! Eu disse que você ia pagar por aquele tapa na cara que me deu! Veadinho!

Num movimento rápido, Miguel partiu para cima de Heloísa e a agarrou pelo pescoço, enforcando-a. Apertava com força e sentia o medo estampado na cara de sua madrasta.

– Você... Saia dessa casa! Saia dessa casa, agora!

– O que está acontecendo aqui!? – Dr. Alberto acabava de chegar do plantão e presenciava a cena, pasmo. – Solte-a, Miguel! Solte-a!

Dr. Alberto desferiu um soco na boca de Miguel vendo que ele não o obedecia. Ele se afastou e Heloísa tossia muito. Tinha marcas de unha por todo o pescoço.

– Meu Deus! Vocês enlouqueceram!? Não posso acreditar!

– Miguel está louco! Ele precisa de um psicólogo! Veja! Veja como estou!

Dr. Alberto não prestava mais atenção no que Heloísa dizia. Olhou para o chão e começou a juntar as fotografias rasgadas. Sentiu um nó na garganta e uma forte vontade de vomitar.

– O que significa isso!? – gritou.

Miguel tirou as fotos da mão de seu pai e tentou guardá-las dentro do envelope.

– Não é nada!

Alberto arremessou Miguel contra a parede com força, dando-lhe um soco no peito.

– Você está se envolvendo com outro homem!? Você está "comendo" aquele veadinho!?
– Isso mesmo, Alberto! A filha da Glória disse que o pai o expulsou de casa quando o viu com outro homem! Um imoral! Um sem-vergonha!
– Não fale assim do Yuki! Qual o problema dele ser o que é!? Ninguém escolhe do que gosta!
– Não admito! Meu filho com um veadinho!? No mundo da promiscuidade!
– Não sou promíscuo! Yuki também não é!

Alberto começou a bater em Miguel. Sentia raiva em seu coração, estava começando a ficar vermelho e muito bufava.

Heloísa observava a tudo com ar de superioridade. Sentia-se vitoriosa e dessa vez aquele garoto mimado não conseguiria se livrar tão facilmente.

Miguel, de repente, empurrou Dr. Alberto com força. Ele caiu no chão e tinha dificuldades em se levantar. Heloísa partiu para cima de Miguel dando-lhe tapas no rosto.

– Não vai fazer o que bem entende, veadinho!

Miguel mais uma vez a levantou pelo pescoço, enforcando-a. Logo a empurrou, jogando-a em cima de Alberto.

– Saia! Se não quiser se machucar!

Ela se afastou. Viu que ele não estava brincando. Ele sangrava pelo canto da boca devido aos golpes que o pai havia lhe dado. Limpou-se, e Alberto que se levantava com a ajuda de Heloísa, lhe dizia aos berros:

– Você bateu em seu próprio pai! Que só se preocupa com o seu bem! Tudo isso por causa daquele veadinho!

Alberto começou a chorar.

– Não admito esse tipo de atitude! Agora que eu seria avô e estava feliz! Sua mãe deve estar muito triste com você!

– Não envolva minha mãe nessa história!

Ele se aproximou e cuspiu em Miguel.

– Você é outro nojento.

Os empregados da casa apareceram por causa da confusão. A gritaria era tão grande que todos estavam na sala da casa.
– Vocês não têm nada que fazerem aqui! – gritou Heloísa. – Saiam!
– Já chega de dar ordens por aqui, Heloísa! Essa casa não é sua!
– Cale a boca, Miguel! Ela é minha mulher!
– Já que a defende tanto, poderá sair com ela! Alberto sentiu o peito gelar.
– O que você está dizendo?
– Essa casa pertence a mim e à família de minha mãe! Era dos meus avós e não consta na partilha de bens! Quero vocês dois fora!

Heloísa estava perdida. Não imaginava que quando ele dizia que a casa pertencia a família de Alice fosse verdade.
– Vamos todos nos acalmar. Não é preciso nada disso, Miguel.
– Você tem um apartamento, pai. E é para lá que vocês vão. Quero vocês dois fora dessa casa!

Alberto e Heloísa perceberam que ele não estava brincando. Não havia mais nada a se fazer. Estavam todos de cabeça quente. E, apesar de contrariados, fizeram pequenas malas e partiram. Antes de sair, Heloísa lhe disse:
– Isso não acaba aqui.

Ele nada respondeu. Ainda não conseguia pensar. Os empregados vieram tentar acalmá-lo. Rosa lhe trouxe um copo de água com açúcar.
– Menino, o que houve?
– Eu preciso respirar. Preciso dar uma volta.

E Miguel pegou o carro e saiu dirigindo pela cidade. Tudo estava calmo. As mesmas árvores, as mesmas pessoas, a mesma noite. Tudo continuava igual. Somente Miguel que não, e algo ainda o sufocava.

❋

    A avenida Paulista estava movimentada e muitas pessoas se reuniam por lá tentando afastar o mormaço e o tédio. Casais, jovens, hippies, músicos e todos os tipos de artistas e mendigos andavam por lá. Miguel, porém, pouco reparava neles. Seu coração estava apertado e se sentia perdido. Não podia acreditar no que estava acontecendo. Por que tinha que ser assim? Sentia seu mundo desabar. Por que precisavam seguir regras de uma sociedade e costumes que iam contra o que realmente sentia? No fundo, ele não conseguia se desvencilhar. Era exatamente igual a todos que criticava.
    Parou em um semáforo e viu um grupo atravessar a faixa de pedestres. Foi quando alguém bateu no vidro do carro e Miguel assustou-se. Era Yuki que usava uma camisa regata branca com desenhos e uma bermuda jeans.
    – Miguel, o que aconteceu? – perguntou com os olhos arregalados e mesmo assim pequenos. – Por que você está chorando?
    Ele acabou por romper em grande soluço.
    – Seu lábio está sangrando! Vamos para casa! Mamãe ou Sayuri-ne vão saber cuidar disso.
    – Não! Quero ficar sozinho!
    – Pare com essa ideia!
    – Não quero ver Rafaela!
    Yuki engoliu em seco.
    – Então, é verdade...? É verdade que ela terminou com você?
    Miguel nada respondeu. E logo completou, entrando no carro.
    – Vamos dar uma volta.
    Ele concordou e continuou dirigindo assim que o semáforo abriu. Yuki ia lhe afagando os cabelos. Miguel chorava em silêncio. Depois de muito andarem, pararam o carro em uma rua quase sem movimentos de um bairro afastado. Miguel sentia-se envergonhado. Mostrou-se vulnerável perto daquele garoto.

– O que foi? – perguntou. – Quer me contar o que aconteceu? Miguel continuava quieto. Sabia que não poderia falar sobre o que havia acontecido.

– Briguei com meu pai. Coisas de família – mentiu.

Yuki tentava olhá-lo nos olhos dos quais ele fugia. No fundo, ela tinha certeza que tudo aquilo era mentira.

– Por que não me conta a verdade? – perguntou afagando-lhe os cabelos.

– Você disse que me ama, não é?

– O quê?

– Você me disse isso. Como um homem pode amar outro?

– Tem dúvidas do que sente?

– Não é certo um homem amar outro homem! É difícil acreditar que isso seja possível.

– Mais difícil é aceitar o que realmente somos.

– Como isso foi acontecer comigo? Por que você me escolheu?

– Não escolhi. O destino que nos escolheu.

– Eu amo Rafaela. E teremos um filho! Apesar disso, eu...

Yuki colocou um de seus dedos sobre os lábios de Miguel que silenciou. Seu coração batia descompassado.

– Aceite. Você sempre foi meu. Bem antes de te conhecer, você já era meu. E eu, seu. Eu sempre soube isso dentro do meu coração.

– Por que eu me sinto fraco perto de você?

Foi quando se beijaram. Miguel deixou seu coração falar mais alto. Era aquele garoto! Tinha que ser ele! Dentro de seu coração, ele teve a mesma certeza de Yuki: ele era seu.

❀

Eles haviam deitado sobre o capô do carro. Estava realmente uma noite agradável.

– Por que você saiu do país? – perguntou.

– Longa história – respondeu Yuki que entrelaçava uma de suas mãos com a de Miguel, aconchegando-se sobre seu peito.
– Não quer me contar?
– Eu sempre fui assim desde criança. Sempre ouvi brincadeiras e era motivo de piada nas reuniões de família. Muitas vezes, no colégio, Sayuri-ne me defendia dos garotos mais velhos. Com quinze anos comecei a namorar. Mamãe e Sayuri-ne sabiam, somente papai que não. Um dia, achei que ele já estava dormindo e ele nos viu. Eu e meu namorado. Estávamos nos beijando.
– Não acredito! E então...?
– Bom, depois de muitas discussões, ele me expulsou de casa. Mamãe pediu para ele reconsiderar, mas ele não quis. Disse que eu fazia a família se envergonhar. Mamãe pediu para minha tia me acolher na casa dela.
– Foi quando você foi embora?
– Sim. Fui morar em Kawasaki, uma cidade perto de Tóquio.
– Ele foi bem radical.
– Foi. Mas o que mais me doía era saber que elas fizeram a vontade dele. Ninguém me defendeu. E, depois disso, também nunca mais vi o garoto. Ele também me deixou. Parece que se casou com uma mulher e tem dois filhos.
– Verdade!? Como isso?
– Não sei. Tem pessoas que não se aceitam e tentam esconder isso se casando. Depois descobrem que estão se forçando a fazer uma coisa que não queriam, só pelo medo do que os outros pensariam.
– Você nunca passou por isso?
– Nunca. Sempre soube o que queria. Muitas garotas queriam me namorar, mas não escondi de ninguém, tirando papai, que gosto de homens.
– Você é forte.
– Nem sempre.
– Mas você acredita em Deus? Na bíblia diz que isso é errado...
– Não sou cristão.
– Tem pastores evangélicos que dizem...

— Ai, preguiça deles!

Yuki o olhou nos olhos. Miguel sentiu um amor indescritível em seu peito.

— Não me importo com o que dizem. Sou sincero com meus sentimentos.

Mais uma vez se entregaram ao beijo. Ele não queria questionar o que estava sentindo. Desejava ser livre, poder amá-lo sem medo. Mihuel lhe acariciava os cabelos pouco bagunçados e passava a mão por dentro de sua camisa. De repente, Yuki lhe apertou as bochechas e rindo lhe disse:

— Meu peixinho.

— Pare com isso!

Ficaram se abraçando e fazendo cócegas um no outro por um bom tempo. Trocavam carícias e o sentimento era verdadeiro. Yuki, que havia usado o amigo para despertar os ciúmes em Miguel, estava feliz. Pensou que ele o deixaria para sempre agora que seria pai. Mas Dona Geraldina havia lhe dito que tivesse paciência com ele, pois ele ainda era muito imaturo. Antes de voltar com Rossine para o interior, afagou-lhe os cabelos e o abençoou. Ele sabia que seria difícil, mas não devia desistir. E agora estavam ali mais uma vez. Juntos.

O dia já estava amanhecendo. Os primeiros raios de sol já se faziam presentes, cortando o tom acinzentado do céu e o iluminando.

— Tenho que ir para casa. Mamãe já deve estar preocupada.

E foram em direção à casa de Rafaela. Miguel também estava cansado, mas feliz. Foram conversando alegremente por todo o caminho.

— Preciso usar o banheiro.

— Só não faça barulho, pois papai tem sono leve.

Ao abrir a porta, pararam. Miguel sentiu um arrepio percorrer toda sua espinha. Dona Geraldina e Rossine estavam ali junto com D. Sae e Saitou. Heloísa e Alberto, sentados no sofá segurando as fotos rasgadas de Miguel e Yuki. Ela tinha um sorriso triunfante no rosto. Rafaela estava de braços cruzados, os olhos

inchados e chorosos. Aquilo não podia estar acontecendo. Olhou para os dois e perguntou:
— Então... é verdade...?

Miguel não sabia o que fazer. Todos olhavam para ele. Seu pai respirava com dificuldade e parecia extremamente nervoso. Heloísa tentava disfarçar sua satisfação em um semblante de preocupação e solidariedade. Os olhos de Rafaela o olhavam e os lábios tremiam. Ele se sentia envergonhado. Todos sabiam o que estava acontecendo. E aquelas fotos?

Saitou passou por Miguel e se aproximou de Yuki que abaixou a cabeça.

— Eu sabia que era uma péssima ideia recebê-lo em minha casa. Mas sua mãe e Sayuri achavam que não, e olha o que aconteceu.

Rafaela tomou uma das fotos da mão de Heloísa e se aproximou gritando.

— É isso o que eu ganho por acreditar em você? Por defender você?

Yuki também chorava. Sentia-se envergonhado.

— Não foi assim que aconteceu...

— Não tem o que explicar. Isso prova suas atitudes e o seu caráter.

— Sayuri-ne, deixa eu te explicar...

— Não encoste em mim! Você acabou com a minha felicidade! Sabia que eu estou grávida? Você sabia que Miguel era meu noivo? Você, em algum momento, pensou em mim ou continua sendo o mesmo egoísta de sempre? Não é porque você entende algo sobre seus sentimentos que significa que entenda o coração das pessoas!

— Você e mamãe sempre acreditaram que eu era uma pessoa ruim! Me defendiam, mas sempre apoiavam o que papai falava.

Ele sempre falava que eu não tinha caráter e que era um homem promíscuo...

– Vai me dizer que sua atitude te faz diferente disso?

– Eu não escolhi amar seu noivo! Não é só você que está sofrendo com isso!

– Yuki... – Rafaela o olhava com profunda mágoa. – Por que você fez isso comigo?

– Vocês não têm vergonha do filho de vocês!? – gritou Alberto. – Olhem esse cabelo, esses trejeitos...! Uma bichinha!

– Você não pode me ofender dentro de minha casa!

– Essa casa não é sua – disse Saitou. – Você nos enche de vergonha.

– Meu filho andando com um afetado!

– Acalmem-se todos – pediu D. Sae. – Deve haver uma explicação para isso.

– A explicação é que seu filho envolveu e seduziu Miguel! Ele nunca foi desse jeito! Sempre gostou de mulher!

– Peço desculpas por todo o incômodo – disse Saitou. – Yuki sempre foi uma pessoa ruim.

Dona Geraldina observava a tudo em silêncio. Cruzando os braços, perguntou:

– E o que você tem a dizer sobre isso, Miguel?

– Que eu amo Rafaela e é com ela que quero me casar.

Yuki levantou o olhar. Não podia acreditar! Estava acontecendo de novo! Estava assustado. Mais uma vez se sentiu sozinho. Tentava olhar para Miguel e ouvir uma explicação, mas Rafaela então o abraçou, chorando.

– Eu sabia que você era meu! Eu perdoo! Eu te perdoo! Nós ainda seremos muito felizes!

– Mas não foi assim, Sayuri–ne! Miguel, diga para ela que...!

– Cale-se, Yuki – ordenou Saitou.

– Você já causou confusão demais! – disse Rafaela.

Ele chorava. Seu coração estava apertado. Por que ninguém o ouvia? Por que Miguel estava fazendo aquilo?

– Acalmem-se, por favor – pedia mais uma vez D. Sae. – As coisas não podem ser assim.

– Acredito que quando um não quer... – começou Heloísa.

– O que você quer? Arrumar outra confusão? – disse Alberto, se abraçando-se a Miguel e Rafaela. – Tudo não passou de um mal entendido e agora as coisas vão voltar ao normal.

– O problema foi Yuki – disse Saitou. – Como sempre.

– Você não devia ter voltado do Japão.

– Só sabe causar problemas.

– É uma bichinha!

– Um perdido!

Yuki se desesperava.

– Eu não sou assim! Não sou! Por que ninguém me ouve!? Por que vocês são tão maus comigo!? Miguel, por que você está fazendo isso!?

– Sae! Não vai fazer nada!? – perguntou Dona Geraldina.

– O que posso fazer? Ele é o pai...

– Pois eu não assistirei isso em silêncio.

Ela se aproximou de Yuki e o abraçou. Ele rompeu em lágrimas. Ela acariciou seus cabelos e o acolheu com seu coração.

– Eu sei quem é você, meu anjo. Eu sei. Eu conheço seu coração. Eu também sou sua vovó a partir de hoje.

– Faça suas malas e saia dessa casa – disse Saitou.

– Por acaso pensou que ele ficaria mais um dia que fosse aqui com vocês? Já deveriam saber que ele vai para minha casa.

– Como pode aceitar isso? Ele nos enche de vergonha!

Os olhos de Geraldina chisparam.

– Vocês que nos envergonham, Saitou. Nós que nos enchemos de vergonha de todos vocês.

"Isso não pode estar acontecendo!" – pensava Yuki, enquanto soluçava. "Miguel disse que me amava..."

– Nós vamos te esperar aqui embaixo, querido – disse D. Geraldina. – Suba e arrume suas coisas.

Yuki se desvencilhou dos braços de D. Geraldina e se aproximou de Miguel. Seus olhos carregavam mágoa e muitas lágrimas.

– Você... Por que não pensou em mim? Por que você não quer ficar comigo? Por que você mentiu? Eu fui sincero com o que sentia. Eu te amo. E era por isso que eu estava aqui.

– É um absurdo isso que você está me dizendo! Um homem amando outro? Que piada! Só uma mulher pode fazer isso!

Rafaela e Heloísa riram. Yuki sentiu a garganta arder e deu um tapa no rosto de Miguel que se assustou.

– Eu não sou uma mulher! Eu sei quem sou e o que sinto. Você quer continuar mentindo para si mesmo! Você não se conhece! Você que não é o homem de verdade daqui!

D. Geraldina então o abraçou.

– Já chega, querido. Não vale a pena.

Yuki subiu as escadas chorando. D. Geraldina olhou para Miguel e disse:

– Hoje você mostrou para mim que não é um homem de verdade e magoou meu coração. Aliás, o meu, o de seu avô e de Yuki.

– Não foi isso, vovó... É que...

– E você, minha querida – disse olhando para Rafaela –, até quando vai se enganar? No fundo, você sabe.

– Dona Geraldina, é que...

– Vocês estão se enganando com medo de aceitar a verdade. "Aquilo que chamamos rosa, mesmo com outro nome, cheiraria igualmente bem." Assim é o amor. Mesmo que tenha outro nome para vocês ou sejam outras pessoas, continua com o mesmo perfume.

– Vovó, eu não quis te magoar...

– A pior mágoa é a que você ainda vai sentir. Hoje, se sua mãe estivesse aqui, sentiria vergonha de você.

– D. Geraldina, eu agradeço por nos ajudar – disse D. Sae.

– Pois deveria se envergonhar pelas suas atitudes. Seu filho é o que você tem de mais valioso na vida. A partir de hoje, não somos mais amigas.

– Você se sente a dona da verdade, não é? – disse Heloísa. – As coisas não são como você quer.

– São sim – disse Rossine que estava quieto até então. – Se fosse do jeito que eu quero, vocês nunca teriam entrado naquela casa – e olhando para Miguel: – Ao menos perca seu tempo em me enviar convite de casamento.

Ele engoliu em seco. Logo Yuki descia as escadas com suas malas. E, sem nada falar, saiu seguido por Dona Geraldina e Rossine. Chamaram um táxi para levá-los até a rodoviária. Miguel ainda podia ver Yuki chorando sentado no banco da frente.

– Você chamou Yuki de egoísta, Rafaela – disse Dona Geraldina. – E o que vocês todos acabam de fazer com ele se chama o quê? Você, Miguel, ou alguém aqui pensou nele?

Ela não sabia o que dizer. Sentiu-se sem palavras.

– Não precisa responder para mim. Responda para você.

E então saíram. O dia já havia amanhecido e os pássaros começavam a cantar.

– Bom, a vida continua – disse Rafaela. – Temos que arrumar os preparativos para o casamento, não é verdade?

– Sim! Vamos todos cooperar para que ele seja o mais rápido possível.

– E vamos colocar uma pedra sobre o que aconteceu. Miguel é meu e ninguém vai tirá-lo de mim.

Rafaela então beijou seus lábios. Apesar de carregar a mesma incerteza que Miguel tinha no peito, preferiu não se preocupar. Tudo ainda estava muito recente e ela não podia passar nervoso por causa da gravidez. Era mais fácil esperar que o tempo resolvesse tudo.

Passaram-se dois meses. Os preparativos do casamento haviam se adiantado e a vida parecia ter voltado ao normal. Heloísa e Alberto já haviam voltado para casa, Saitou os ajudava com as despesas da festa e D. Sae, apesar de andar triste pela casa, tentava se distrair e sorrir.

Rafaela se animava com tudo: a igreja, o vestido, o dia da noiva. Mesmo seu coração carregando uma incerteza, fazia de tudo para esquecer e imaginar se casando com Miguel. Sua barriga também estava crescendo e o bebê estava saudável. Em breve faria ultrassom para saber se era um menino ou uma menina. Queria comprar logo um enxoval e fazer de tudo para que Miguel se lembrasse de sua noiva e de seu filho.

Não tinham notícias de Yuki. Depois que ele havia ido para o interior com D. Geraldina e Rossine, não conversaram mais e ao menos tocavam no nome dele. Ela pensava que era melhor assim.

Miguel andava quieto e fingia estar tudo bem, apesar da dor que sentia em seu peito sem Yuki. Ele se culpava.

"Por que não consigo? Por que não os enfrentei junto com ele? Eu sou um covarde!"

Seus amigos, percebendo sua tristeza, tentavam distraí-lo e o convidavam para festas e encontros. Falavam de Rafaela e de seu filho e planejavam já festas de aniversário.

Havia começado a fumar. Não tinha esse costume, mas sentia o coração disparado e isso o acalmava. Apesar de todo o ocorrido, sua vida havia voltado ao normal: trabalho, faculdade, casa. Mas sentia que algo faltava. Poucos sabiam, mas ele havia juntado algumas fotos dele e de Yuki que seu pai havia jogado no lixo e as guardava no quarto. Muitas vezes, não conseguia segurar as lágrimas quando as olhava.

"Por que ninguém me entende?"

Todos o cercavam de um amor diferente. Eles não o aceitavam como realmente era. Era uma espécie de amor condicionado. Isso o sufocava. Eles não o entendiam. Não estavam preocupados com sua felicidade.

As rosas que cercavam o jardim de sua casa estavam quase secas. Perguntava para o jardineiro se era a mudança das estações que estava machucando-as e ele não sabia explicar.

Em um sábado ensolarado, resolveu visitar o cemitério. Comprou rosas vermelhas. Chegando em frente ao túmulo viu a foto na lápide de sua mãe sorrindo. Alice Alfani. Ali estava ela. Lembrou-se do seu carinho, do seu amor e seus cuidados. Não conseguiu conter as lágrimas.
"Mamãe, por que sou tão covarde? Por que não consigo aceitar?"
Miguel se sentia preso nas correntes do destino. Era noivo de Rafaela e teriam um filho juntos. Por que tudo tinha que ser tão difícil?

❀

Havia chegado o grande dia. Rafaela estava radiante de felicidade. O seu vestido moldava seu corpo desenhado e a barriga um pouco saltada. Uma maquiagem lhe deixava com os olhos pintados e a pele de uma boneca. Seus cabelos estavam cacheados e cobertos por um véu. Sua mãe a ajudava. Já estava quase pronta e faltavam poucas horas para a cerimônia.

A igreja de Nossa Senhora do Brasil já estava enfeitada com flores e a decoração costumeira. Muitos convidados já estavam sentados no banco da igreja e a admiravam. O entardecer alaranjado a deixava mais esplendorosa.

Miguel estava sentado de frente o espelho do vestiário da igreja. Enfim, não havia mais volta. Nada mais podia fazer. Tinha todos os sentimentos confusos em sua cabeça, mas tinha a certeza de que não estava nenhum pouco feliz. Teria que aceitar aquele casamento. Pensou em sua vida e não sabia mais o que fazer.

"Esse é o destino?" – se questionava.

Todos pareciam felizes, todos tinham sorrisos no rosto, menos ele. Ele, que deveria estar mais feliz do que todos, sentia-se sufocado, preso e incapaz de ser feliz.

"Realmente, os finais não são felizes. Nada é como desejamos."

Sentiu-se pequeno, incompreendido.

"Por que as coisas tem que ser assim? Por que eu não posso ser livre?"

Sentiu os olhos encherem de lágrimas.

"Por que eu não estive ao lado dele quando ele precisou de mim? Por que não o abracei e disse que ele não estava sozinho? Por que eu não fui homem e confessei o que sentia?"

Lembrava-se dos beijos, das carícias, do sorriso de seu menino e soluçava. Dentro de seu paletó carregava uma foto dos dois rasgada que fez questão de colar. Ele chorava e seu coração se apertava. Ele o amava, ele o queria!

"Como queria voltar no tempo. Dizer o quanto desejava fazê-lo feliz."

Lembrou-se de Rafaela e de seu filho. Eram pedras no caminho de sua felicidade, mas de certa forma, um alívio. Onde podia se esconder. Sentia vergonha pelos sentimentos que tinha. Não podia admitir que amava outro homem. O que pensariam dele? Que era um promíscuo e uma pessoa ruim. E era isso que pensavam de Yuki, mas Miguel sabia que ele não era assim. Tinha a certeza em seu coração de que ele era a pessoa mais linda do mundo.

"Por que não enxergavam a beleza que ele carregava no coração?"

O que havia acontecido com as pessoas? Por que não aceitavam? Por que tantas pessoas incentivavam a perseguição e ódio às pessoas que só eram diferentes na forma de amar? Elas viviam, sentiam-se felizes, tristes, sozinhas, trabalhavam como qualquer outra. Quantos jovens incompreendidos, quantos corações despedaçados, sonhos perdidos por agressões físicas e verbais aos homossexuais. Era uma terrível mania de tentarem achar uma forma de felicidade. As agressões, muitos jovens recebiam ainda dentro de casa. Miguel sentiu raiva. Ele era igual a essas pessoas quando não admitiu seus sentimentos para defender Yuki. Preferiu se esconder em uma mentira.

"Como eu o fiz sofrer! Ele se sentiu sozinho!"

Olhou pelo espelho e viu o reflexo de Dona Geraldina. Virou-se e a abraçou. Deixou-se chorar.
– Essa é a mágoa que eu lhe disse, meu filho.
– Me perdoe, vovó! Eu não queria ter feito aquilo! Eu tive medo!
– Eu não tenho nada que perdoar. Eu sinto por você, querido. Você não consegue aceitar seus sentimentos.
– Eu queria voltar no tempo e fazer tudo diferente!
Dona Geraldina tirou do bolso uma carta.
– Agora é tarde.
– Como assim? Yuki estava com você! Onde ele está?
– Seu avô foi levá-lo.
Miguel sentiu o coração acelerar e suas mãos tremiam.
– O que? Para onde??
– Eu vim aqui lhe entregar essa carta. Ele pediu.
Miguel tomou-a nas mãos.
– Rafaela me viu e pediu para que ficasse para a cerimônia. Estarei no banco da frente. Esse foi o destino que você escolheu.
E saiu. Miguel abriu a carta e viu a caligrafia de Yuki. Seu coração bateu mais forte ainda.

Meu amor, ainda posso te chamar assim?
Quando o vi pela primeira vez no aeroporto, eu sabia que era você. Desde o primeiro olhar, meu coração tinha a certeza de que havia te encontrado. Achei engraçado. Sabia que voltaríamos a nos reencontrar, mas não do jeito que as coisas aconteceram. Pode parecer que não, mas eu também sofri, eu também chorei e também tive dúvidas. Mas o amor que sentia por você era maior do que todas elas.
Eu sabia que alguma coisa me esperavam aqui no Brasil, mas jamais imaginava que era o melhor presente que o universo havia me devolvido. E eu fiquei tão feliz. Seus olhos, seu jeito, seus beijos. Tudo que eu disse e senti eram os mais verdadeiros sentimentos que eu tinha no coração.

Eu sempre me senti sozinho. Ninguém nunca me entendeu como você. Por isso, muito obrigado. Obrigado por me fazer me sentir único e a pessoa mais feliz do mundo. Você saiu de dentro dos meus mais delirantes sonhos e se tornou realidade mesmo que por um instante.

Peço desculpas, nunca foi minha intenção estragar a sua felicidade e lhe deixar dúvidas sobre o que você é. Mas eu pensei que era você... E eu estava tão feliz. Fui egoísta.

Hoje é o seu grande dia. Você é quem tem que estar feliz. Eu estou voltando para o Japão. Não existem mais motivos para continuar aqui. Mas, por favor, nunca se esqueça que eu te amo. Aliás, acredito que sempre te amei, mesmo antes de te conhecer porque dentro do meu coração eu tinha a certeza de que você realmente existia.

A vida e o universo podem nos afastar, mas o amor que tenho por você nos ligará para sempre. E não importa a nossa distância, ele para sempre vai existir.

Mesmo com lágrimas nos olhos, desejo que hoje seja seu grande dia e que você seja feliz. E espero que eu tenha sido pelo menos a metade do que você foi para mim. Você que me salvou. Adeus.

Thiago Yuki Tsutsuy.

Miguel chorava muito. Aquilo não podia ser verdade. No seu coração, dizia para si mesmo:

"Você foi muito mais do que a metade para mim! Você me mostrou quem eu era, você ainda existe em mim. Se fechar os olhos, ainda posso te ver e chego a sentir seu perfume! Por favor, não me deixe!"

– Miguel...?

Ele sevirou e viu Rafaela. Como ela estava linda! Parecia uma princesa.

– Me diga a verdade. O que está acontecendo?

Miguel sentiu um nó garganta e tentava secar algumas lágrimas com a camisa.

– Do que você está falando?
– É Yuki, não é? É por isso que não quer se casar comigo?
– Não é isso, eu...!
– Sua avó me contou o que aconteceu.

Miguel sentiu o coração gelar. Dona Geraldina não podia ter feito aquilo!
– Não! Você está enganada! É que...!
– Miguel, até quando vai mentir para si mesmo!? Até quando você quer me iludir!? Eu sei que você ama outra pessoa...

Miguel rompeu em lágrimas. Não conseguia mais guardar os sentimentos dentro de seu peito. Aquilo o sufocava e suas mãos tremiam.
– Me sinto tão envergonhado por isso... Me desculpe, Rafa!

Ela o abraçou também chorando. Via seus sonhos se desfazendo como se tivessem sido construídos sobre a areia.
– Não tem que sentir vergonha de amar Yuki...
– É diferente!
– Mas é amor do mesmo jeito!
– Eu fiz tantos planos com você! Íamos ter uma casa na praia, um cachorro e o nosso filho que já está chegando! Mas as coisas mudaram e eu sinto muito por isso. Me desculpe!

Rafaela chorava muito. Isso também lhe doía muito. Amava Miguel com todas as suas forças.
– Eu também tinha planos, mas o destino é algo impossível de se prever. As coisas mudaram, nós mudamos. O que éramos um minuto atrás já não o somos! Faz parte do passado e não há nada que possamos fazer. Temos que viver o presente.
– Se não fosse Yuki, nós ainda estaríamos...
– De que vale isso? O amor que você sente por mim, não é o amor que um homem sente por uma mulher. Mais difícil que você acreditar nisso é se aceitar do jeito que é.

Ambos choravam muito e sentiam a dor que lhes vinha da alma. Miguel parecia ter medo de viver e não aceitava as coisas que não conseguia mudar.

– Não tenha medo de ser o que é. Você merece a felicidade assim como todo mundo.
– Eu te amo, Rafa! Eu te amo muito!
– Eu também te amo! Por isso, quero que seja feliz! Por tanto te amar, abro mão de tê-lo em meus braços para ver um sorriso sincero em seu rosto.

Miguel bagunçou-lhe os cabelos e a beijou. Amava aquela pessoa que estava na sua frente. Sabia que não podia seguir em frente sem o seu amor, sem a sua aprovação. Porém, lembrou-se que já era tarde demais.

– Enfim, já não adianta...
– O que está dizendo?
– Yuki está indo embora para o Japão hoje!
– Se for agora para o aeroporto, pode chegar a tempo!
– Mas hoje é o dia do nosso casamento...
– Miguel, até quando?
– Mas o que vamos dizer!?
– Deixe que eu resolvo por aqui! Vai!

Miguel lhe beijou os lábios. E todos o viram passar correndo pelo altar indo em direção ao estacionamento. Alberto levantou-se assustado e perguntou a Rafaela que vinha logo atrás:

– O que está acontecendo?
– Miguel tem pressa de ser feliz!

Dizendo isso, rompeu em lágrimas e Dona Geraldina a abraçou seguida por Rossine.

– Estou orgulhosa de você, querida.
– Mas o que vai ser de mim agora!?
– Não se importe com isso. Vamos embora.

Todos a olhavam e imaginavam o que estava acontecendo. Nada mais havia a ser dito.

Yuki estava no aeroporto e tomava um chá gelado. Enfim, havia chegado o dia de partir. Nada mais o prendia no Brasil e, por mais que quisesse ficar, não havia motivos para isso. Morando um tempo com Dona Geraldina e Rossine, pôde aprender muitas coisas e então decidiu partir. Além do mais, hoje era o dia do casamento de sua irmã e Miguel. Não suportaria ver aquilo ou saber de notícias.

Voltaria para a cidade de Kawasaki, procuraria um emprego na fábrica de alimentos e depois...? A mesma vida de sempre: trabalho, casa, algumas idas a um karaokê... A mesma rotina. Mesmo assim, aquilo lhe parecia melhor do que ficar.

"Miguel..."

D. Sae resolveu ir com Miguel. Não ficaria sem o seu filho. Por muitos anos, havia aceitado as ordens de Saitou, mas não seria mais assim. Caso fosse preciso, se divorciaria dele. Sabia que possuía direitos pelo tempo de casados e que não estaria desamparada. Miguel também pensava o mesmo.

Não tinham muito tempo. Ele corria muito e ultrapassava os carros rapidamente. Não podia perder tempo. Todo minuto e segundo era importante.

De repente, começou a chover e o céu se escureceu, dificultando a visão.

– Vá devagar, Miguel! Vá devagar!

– Não posso, Dona Sae!

Chegaram ao aeroporto. Estava movimentado e pelo visto muitos voos haviam sido cancelados por causa da chuva. Miguel e Dona Sae chegaram ao guichê da companhia aérea completamente molhados. Foram informados que o voo teria um atraso. Ficou feliz e resolveu ir procurar Yuki.

Dona Sae tentava ligar para o celular dele.

– Está desligado, Miguel. Não consigo falar com ele!

– Vamos procura-lo! Peça para anunciarem o nome dele nos alto falantes!

– Miguel para onde você está indo!?

– Estou indo atrás dele! Fique aqui no guichê para ver se ele chega!

Miguel saiu correndo. Não podia deixar Yuki ir embora. Ele não podia ir sem ao menos Miguel dizer tudo o que sentia. Ele era o amor de sua vida, a pessoa que o fez se sentir vivo mais uma vez. Ele não o deixaria escapar. Pedia para Deus que pudesse o encontrar a tempo.

"Por favor, me ajude!"

Ele tinha o coração descompassado e os olhos cheios de lágrimas. Começou a se desesperar. Via muitas pessoas que chegavam de suas viagens e outras que iam para nunca mais voltar. Pensou mais uma vez que isso era egoísmo vendo as lágrimas que muitos derramavam de uma saudade futura que já se fazia presente. Ele não queria que isso acontecesse com Yuki. Esbarrava em várias pessoas enquanto corria pelos corredores e pátio de onde saíam os voos internacionais.

Foi quando ele o viu. Seu coração bateu mais forte. Chamava por seu nome, gritava, mas ele estava com os costumeiros fones de ouvido e um olhar perdido, segurando um copo de chá gelado, além dos cabelos bagunçados pelo vento. Miguel correu em sua direção e o puxou pelo braço. Ele se assustou. Foi exatamente como na primeira vez que se viram. O tempo parecia ter parado para os dois.

– Miguel!? O que faz aqui!?

Os olhos já estavam vermelhos enquanto ele o abraçava forte.

– Me desculpe! Me desculpe! Por favor, não vá embora!

Yuki também chorava. Sentia os lábios tremerem.

– Por que você está aqui!?

Miguel o olhou nos olhos mesmo que chorosos.

– Porque não posso mais mentir para mim mesmo! Não posso ficar sem você! Você foi quem me salvou do mundo! Você é a pessoa que o destino escolheu para mim!

Yuki soluçava e muito chorava enquanto dava tapas em Miguel.

– Você é um idiota! Um idiota! Sabe o quanto me fez sofrer!?

Miguel também chorava e então o abraçou. Havia amor em seu coração e reparou que muitas pessoas o olhavam com preconceito e censura, mas desta vez não teria medo de dizer o que sentia. O que as pessoas pensavam deles não interessava. Eles não sentiam a felicidade que Miguel tinha no peito.

– Me desculpe se não havia dito antes! Mas é o que eu sinto! Eu te amo, Yuki! Eu realmente te amo! Nunca senti por ninguém o que sinto por você! Por favor, de todo meu coração, não vá embora!

Yuki não sabia o que dizer. Seu coração estava apertado. Por que ele fazia isso?

– Eu...!

Miguel então o beijou. Ele se assustou. Não imaginava que ele faria isso em um local público. Ele realmente não queria que fosse embora. Yuki o amava mais do que qualquer coisa na vida. E agradeceu por tê-lo de verdade.

Miguel então sentiu-se completo. Não se importava mais com o que as pessoas pensavam a seu respeito. Ele estava do lado do homem que amava e isso era o suficiente. Ele queria ser feliz e estava sendo ao lado daquele garoto que roubou seu coração no primeiro olhar. Descobriu que não existem fórmulas para se alcançar a felicidade. Às vezes, o que achamos a coisa certa a se fazer, a vida ainda nos mostra que estamos errados. Realmente, o destino é algo que não se pode descrever nas frases de um livro.

Miguel o olhou nos olhos e acariciou seus cabelos.

– Você é o meu menino.

Yuki, mesmo choroso, apertou-lhe as bochechas.

– E você, o meu peixinho. Eu te amo.

– Eu também. Nunca se esqueça disso.

Homem ou mulher. Gay ou heterossexual. O que isso importa, afinal?

"Existe uma força que comanda tudo."

Miguel sentiu que poderia ser feliz. Desfez os nós de sua cabeça e todo o preconceito que carregava em sua alma e, então, todo aquele sofrimento, angústia, incertezas e dor já haviam ficado no passado. Onde deveriam estar. E não seriam Nada mais que uma Lembrança.

Epílogo

Passou-se o tempo.

O parque do Ibirapuera estava cheio como de costume. Muitos casais andavam de um lado para o outro, enquanto alguns corriam e se exercitavam. O céu estava azul e o sol brilhava forte.

Yuki e Miguel passeavam de mãos dadas. Volta e meia, trocavam carícias e beijos. Muitos ainda não os viam com bons olhos, mas eles já não se importavam.

Iam fazer um piquenique. Compraram frutas, sucos e pão. Logo, avistaram Rafaela que trazia Alice, sua filha com Miguel, no colo. Ela tinha os cabelos escuros e, apesar de olhos puxados, eram quase verdes.

Ao vê-los, abriu um largo sorriso e os chamava. Yuki a tomou nos braços e a beijou nas bochechas.

– Vou levá-la para comprar um sorvete!

– Amor, não demore. Já está na hora dela comer.

Miguel e Rafaela estavam então sozinhos. Sorrindo, ela perguntou:

– E como estão as coisas?

– Estão bem.

– E seu pai?

– Voltou para o apartamento. Ele não aceita eu e Yuki morando juntos na mesma casa.

– Cheguei a pensar que iria para o Japão com ele.

– Ele se recusa a ir. Quer ficar aqui por causa de Alice.

— Ele realmente gosta dela. Mal chegamos e já a pegou no colo.

Eles o viam com ela no colo, brincando e rindo.
— E você? Como você está?
— Estou bem também.
— Fiquei sabendo que está namorando.

Rafaela sorriu.
— Sérgio é um amor e trata muito bem Alice.
— Fico feliz por você. Depois de tudo...
— Tudo o quê?

Miguel sentiu-se desconfortável.
— Você sabe... Eu e Yuki. Toda a confusão.
— Esqueça isso. Está tudo bem.
— Eu jurei que a amaria para sempre. E peço desculpas, mas encontrei alguém que eu amo ainda mais.

Yuki ria com Alice no colo e ela lhe passava sorvete em todo o rosto.
— Eu estou feliz.

Ele a abraçou e beijou-lhe a testa.
— Você me deu o melhor presente do mundo.

Ela riu.
— Você continua o mesmo.

Dona Geraldina, Rossine e D. Sae se aproximavam segurando também várias sacolas de supermercado.
— Como está quente hoje!

Rafaela os recebeu com um sorriso no rosto.
— Seu avô ainda trouxe o violão. Pode nos tocar músicas italianas?
— Com todo prazer, minha filha.

Yuki voltava com o rosto sujo de sorvete junto com Alice.
— Amor, olha seu rosto.

Todos riram.
— Rafaela?

Todos viraram e viram Sergio. Era um rapaz bonito com os olhos castanhos e cabelos escuros. Tinha um sorriso bonito.

– Olá, meu amor.

Deram um leve beijo.

– Bom, acho que podemos nos sentar, então? – sugeriu Dona Geraldina.

– Vamos, pois estou com fome – reclamou Yuki.

– Como pode ser magro comendo desse jeito?

– Você como sempre brigando comigo...

Miguel riu e o abraçou. Beijou-lhe os lábios e acariciou seus cabelos.

– Você é um bobo.

Rafaela os abraçou.

– Vocês são minha família. Minha filha, meu irmão e seu namorado.

Todos sorriram.

– E agora o Sergio – disse ela.

Ele corou um pouco. Ela o puxou para perto de si.

– Obrigada por existir.

Tinham o dia todo pela frente. Poderiam andar de bicicleta, correr, ler um livro e partilharem um momento em família. E o sol ainda brilhava forte.

FIM.

Leitura Recomendada

Cherry Bomb
Meu Doce Prazer

Vanessa de Cássia

Flora abandonou de vez aquele lado mocinha recatada, sem muita perspectiva aos homens, e cresceu a cada obstáculo novo imposto em sua vida. Veio para mostrar o que realmente aprendeu ao lado de seu magnífico vizinho! Com sua última proposta aceita, ela vem recheada de criatividades bombásticas! Nunca pensou em assistir a uma cena tão quente... Que a faria desejar e ansiar este momento. E eis que surge o tal desafio: não importa como vem o prazer, o negócio é fazer bem feito!

Entre Olhares
Vale dos Sonhos

Jaqueline Beloto

A charmosa Dra. Tatiana acaba de se formar em psiquiatria. Seus últimos nove anos foram dedicados quase que exclusivamente aos estudos, sem tempo até para aventuras amorosas. Assim que termina a residência médica, é chamada para uma entrevista de emprego na clínica psiquiátrica mais badalada do momento: O Vale dos Sonhos, um lugar mágico que foge ao padrão de qualquer tratamento convencional.

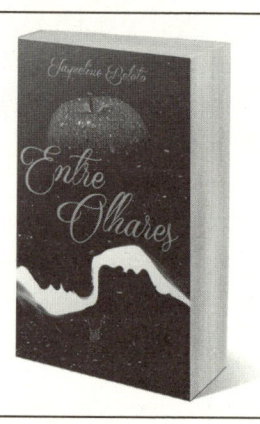

Um Novo Amor à Vista
Comprar Nunca Foi Tão Divertido

Cláudio Quirino

Darla é uma típica mulher moderna brasileira – determinada, trabalha, pega condução, tem seus sonhos secretos e ainda está enquadrada na categoria consumidora compulsiva, mas só tem um probleminha: seu pequeno salário não é suficiente para suas grandes necessidades. Diariamente tentada pelas propagandas das grifes e incapaz de ignorá-las, ela sempre acaba indo ao encontro de inúmeras bolsas, sapatos e óculos de marcas famosas e suas próprias extravagâncias.

www.madras.com.br

MADRAS Editora

CADASTRO/MALA DIRETA

Envie este cadastro preenchido e passará a receber informações dos nossos lançamentos, nas áreas que determinar.

Nome _____
RG _____ CPF _____
Endereço Residencial _____
Bairro _____ Cidade _____ Estado ____
CEP _____ Fone _____
E-mail _____
Sexo ❏ Fem. ❏ Masc.   Nascimento _____
Profissão _____ Escolaridade (Nível/Curso) _____

Você compra livros:
❏ livrarias   ❏ feiras   ❏ telefone   ❏ Sedex livro (reembolso postal mais rápido)
❏ outros: _____

Quais os tipos de literatura que você lê:
❏ Jurídicos   ❏ Pedagogia   ❏ Business   ❏ Romances/espíritas
❏ Esoterismo   ❏ Psicologia ❏ Saúde   ❏ Espíritas/doutrinas
❏ Bruxaria   ❏ Autoajuda   ❏ Maçonaria   ❏ Outros:

Qual a sua opinião a respeito desta obra? _____
_____

Indique amigos que gostariam de receber MALA DIRETA:
Nome _____
Endereço Residencial _____
Bairro _____ Cidade _____ CEP _____

Nome do livro adquirido: ***O Terceiro Beijo***

Para receber catálogos, lista de preços e outras informações, escreva para:

MADRAS EDITORA LTDA.
Rua Paulo Gonçalves, 88 – Santana – 02403-020 – São Paulo/SP
Caixa Postal 12183 – CEP 02013-970 – SP
Tel.: (11) 2281-5555 – Fax.:(11) 2959-3090
www.madras.com.br

MADRAS® Editora

Para mais informações sobre a Madras Editora, sua história no mercado editorial e seu catálogo de títulos publicados:

Entre e cadastre-se no site:

www.madras.com.br

Para mensagens, parcerias, sugestões e dúvidas, mande-nos um e-mail:

marketing@madras.com.br

SAIBA MAIS

Saiba mais sobre nossos lançamentos, autores e eventos seguindo-nos no facebook e twitter:

@madrased

/madraseditora